Steffen Lukas
Maximilian Reeg

SINNLOS-MÄRCHENBUCH
Vol. 3

auf sächsisch!

Herausgegeben von Maximilian Reeg,
mit freundlicher Unterstützung von RADIO PSR

Oktober 2021
ISBN: 9-783754-395974

Inhalt

Vorwort
7

Supersterntaler
9

Jorinde und Joringelpiez
19

Tischlein, duck Dich!
33

Das Wurstgulaschinferno
47

Die drei elektrischen Brüder
57

Die Ulrike auf der Erbse
69

Die zertanzten Flip-Flops
83

Von einem, der sich auszog
das Fürchten zu lernen
93

Der Teufel
mit den drei goldenen Nasenhaaren
103

Vorwort
der Gebrüder Wilhelm und Jacob Grimm

Liebe Leserinnen, liebe Leser!

Wir beglückwünschen Sie zum Erwerb des Sinnlos-Märchenbuchs Vol. 3!

Wir danken Ihnen für Ihr Vertrauen und dürfen Ihnen großartige Neuigkeiten aus der Forschungs-abteilung unserer Märchenmatrix, dem Betriebssystem des sächsischen Märchenwalds, berichten. Der Erfindungsreichtum unserer Ingenieurswichtel und Programmiertrolle war wieder einmal märchenhaft!

Der Hexenflugbesen »Airbrush 50« mit Alraunen-schnapseinspritzer hat im Test erstmals die Ultra-schallmauer durchbrochen, wenn auch zu Lasten der Flugstabilität. Wir wünschen der alten Knusperhexe auf diesem Wege eine baldige Genesung!

Andere Projekte waren weniger erfolgreich. Der »Veggie-Wolf« und das »Gendersterntaler« rufen bei den Konsumenten unserer Märchenmarke eher ge-teilte Reaktionen hervor. Auch unsere neu entwickel-te Zahnfee in Gestalt von Wladimir Klitschko hat die Serienreife nicht erlangt.

Reißenden Absatz findet dagegen unser handliches Prinzessinnen-Schnelltest-Kit, bestehend aus zwanzig Matratzen und einer Erbse.

Doch jetzt hereinspaziert in den sächsischen Märchenwald – das Märchenerlebnis mit »Zweihundert Puls-Garantie«!

Sicherheitshinweis:

Bitte bleiben Sie unbedingt auf den markierten Wegen! Fassen Sie keine Tentakeln an, die eventuell aus dem Dickicht nach Ihnen greifen! Versuchen Sie, nicht nach Leberwurstbemme zu riechen, wenn Sie dem bösen Wolf begegnen! Und passen Sie bitte auf Ihre Kinder auf – zumindest auf die, die Sie wieder mit nach Hause nehmen wollen.

Ihre Gebrüder

Wilhelm & Jacob Grimm

Vorstandsvorsitzende
der Gebrüder Grimm Märchenholding AG
und geschäftsführende Gesellschafter
der Märchenmatrix-BetriebsGmbH

Supersterntaler

Es war einmal eine junge Frau, die hieß Margitta Hackebeil, die zählte süße neunzehn Lenze und wohnte zusammen mit ihren Eltern in Lunzenau-Herzegowina in einem schicken Loft aus purem Gold in der alten Märchenbuch- und Butterbrotpapierfabrik.

Ihr Vater war der reiche Steuerhinterzieher Klaus Eduard Hackebeil, der es mit der Kunst des Verlustvortrags zu einem beachtlichen Vermögen gebracht hatte. Seine Frau war die schöne Emma Hackebeil, eine begabte Giftmischerin, die die Märchenwaldapotheke neben der alten Papierfabrik betrieb.

Eines Tages stand der findige Finanzfahnder Frank Florian Fuchtel vor der mit Gold beschlagenen Türe des reichen Steuerhinterziehers Klaus Eduard Hackebeil und verlangte stürmisch nach Säcken voller Gold und Kisten voll wertvollem Plunder und Gelumpe.

Doch weil der alte Steuersünder noch nie in seinem Leben einen Kreuzer Steuern gezahlt hatte, fiel er vor Geiz im gleichen Augenblick aus Versehen tot um.

Da sprach die Emma Hackebeil: »Das kann ja wo' ni' wohr sein! Jetzt liescht der hier ja nur noch im Weg rum! So ham mir nich' gewettet!«

9

Da reichte sie unverzüglich die Scheidung ein und verschwand mit ihrem Scheidungsanwalt und dem gemeinsamen Vermögen auf die Malediven-Herzegowina.

Da könnt Ihr Euch vorstellen, liebe Kinder, wie bedeppert das Fräulein Margitta Hackebeil da aus ihrer goldenen Wäsche geguckt hat!

Und sie sprach: »Ei nee, meine lieben Eltern! Die sin' immer für 'ne Überraschung gut! Aber wir sin' hier im sächsischen Märchenwald, da läuft das ja scheinbar immer so, dass das Märchen erscht losgeh'n kann, wenn die Eltern über die Wupper sin'. Naja, wenigstens hab' ich noch das Loft aus purem Gold in der Papierfabrik!«

Und weil sie nicht die Hellste war, war sie's zufrieden. Und da ihr so ganz ohne Eltern ein bisschen langweilig war, schob sie die Singstar-Disc in ihre hölzerne Playstation und ließ ihre Stimme erschallen, die so lieblich war, wie die kratzige Seite eines Scheuerschwamms.

Und sie sang:

»Uhhhh, wie schön is' Lunzenau! Wer was and'res sacht, kricht von mir eens vor'n Latz...«

Doch weiter kam sie nicht, denn da klingelte auf einmal der Miethai Dr. Paul Plumpsschädel von der Immobilienspekulatius GmbH und CoKaCola an der riesigen Flügeltüre und sprach: »Guten Tach, reizen-

10

des Fräulein Hackebeil, i bims, der Paul Plumpsschädel, Ich bin e' bettelarmer Miethai, und ich wohne oben in Schlaisdorf in einer winzigen Hütte mit kaum 400 Quadratmetern. So e' Loft wie ihr's, davon träum ich schon lange, da könnte ich endlich ma' de Beene ausstrecken!«

Die Margitta Hackebeil, auf deren zierlicher Schulter ein mitfühlendes Herz tätowiert war, erwiderte: »Das is' ja furchtbar, Sie armer, kleiner Miethai – 400 Quadratmeter! Sie ham ja wirklich nüscht ze lachen, und hungrig seh'n Sie ooch aus, soll ich Ihnen vielleicht 'n Kirschkuchen backen?«

Doch der Miethai winkte dankend ab und sprach: »Nee, nee, Kirschkuchen soll ich nich', sagt mei' Hausarzt, dor Dokter Eisenbart. Mei' Blutzuckerspiegel wäre vom süßen Champagner angeblich schon so hoch wie der Fichtelberg. Aber wenn ich so e' schönes Loft hätte, wie Sie, das wär' schön!«

»Na gut«, sagte da das nette, verwaiste Fräulein Hackebeil, »von mir aus, hier sind die Schlüssel, guter Mann, für mich alleene is das Loft off Dauer sowieso ze groß. Staubsaugen dauert 'ne gute Woche, und wenn ich fertig bin, kann ich glei' widder von vorne anfang'. Und wenn ich mir ma' e' Bier aus der Küche holen will, brauch ich's Navi.«

Da freute sich der arme Miethai Dr. Paul Plumpsschädel und machte einen Köpper auf das gigantische, reich verzierte Sofa aus Russland-Herzegowina. Und er zündete sich sogleich eine oberarmdicke Havanna-Zigarre mit einem 50-Taler-Schein an, schlug die Beine übereinander und rief: »Was machst'n Du

11

noch hier? Nu aber raus aus mein' Loft! Ich sage nur: Eigenbedarf!«

Da klemmte sich die Margitta Hackebeil ihre hölzerne Playstation-1695 unter den Arm und machte sich voller Vertrauen in den lieben Steve Jobs im Himmel von Lunzenau-Herzegowina auf in die große weite Welt.

Sie wanderte eine ganze Weile durch die unendlichen Weiten der sächsischen Tundra und der gütige Steve Jobs im Himmel hatte ein Glubschauge auf sie und ernährte sie mit den süßen Früchten des Rosenkohlbaumes. Da könnt ihr Euch vorstellen, liebe Kinder, wie schön sie davon pupsen konnte! Und weil sie ein leichtes Gemüt hatte, so sang sie lieblich vor sich hin:

»Willst Du, dass ich verrecken soll,
wieso gibt's heute Rosenkohl?
Ich knatter hier de Bude voll,
und wie das hier riecht,
or äh äh äh iiieh!«

Eines Tages begegnete ihr auf ihrem Irrweg durch den sächsischen Märchenwald der Berufsjugendliche Tobias Knüzel, der mit seiner schiefen »Dürfen-darf-man-alles«-Baseballkappe hopsend und pfeifend gerade von seiner dicken Oma Sybille Brummzwiebel kam, die im Märchenwald in einer Kaffeekanne wohnte, und die er mal wieder um Geld für ein Moped angeschnorrt hatte. Doch die Großmutter hatte zu ihm gesprochen: »Tut mir leid, Tobias, dauernd willst Du nur Geld von mir! Nimme Dir ma e' Beispiel am Rotkäppchen, die hat vorhin angerufen, die kommt mich besuchen und bringt wenigstens Kuchen und Rosenkohler-Kadarka mit, aber Du, suche Dir lieber ma en Job! Gründe 'ne Band oder irgendwas, und jetzt haue ab, ich muss noch nunter in' Keller, Heizöl hacken.«

Als der Tobias das Fräulein Hackebeil mit der hölzernen Playstation 1695 unter dem Arm erblickte, rief er: »Or! 'ne PS-1695! Aus purem Holz! So eene hätt' ich ooch gerne! Aber dafür hab' ich erscht recht keen Geld, das reicht ja bei mir nichema für e' anständiges Moped!«

Als die Margitta Hackebeil sah, dass der arme Junge den Schirm seiner Baseballkappe nach hinten gedreht trug und ihm seine Hose auf fünf vor halb acht hing und der überwiegende Teil seines Hinterns, nämlich anderthalb Pobacken von insgesamt zwei, heraushingen, damit man seinen »Tommy-Hilf-mir«-Schlüpfer besser sehen konnte, da wurde ihr mitfühlendes Herz so weich wie ein zerlaufener Camembert jenseits des Verfallsdatums und sie sprach: »Weeßte was, Tobias? Du hast keen Moped, keene Playstation, keen Hirn – und das is' bestimmt für Dich ooch nich' immer einfach! Hier, haste meine Playstation aus Holz, die schenk ich Dir, damit das Gejammer ma' offhört!«

Da versuchte der Tobias Knüzel auf der Stelle die schöne Margitta Hackebeil zu erklimmen, um ihr vor lauter Freude und Dankbarkeit einen feuchten Schmatzer quer über das ganze Gesicht zu geben.

13

Doch das Fräulein Margitta machte einige Bocksprünge, wie ein betrunkenes Brauereipferd vor der Apotheke, warf ihn ab und sang:

»Küssen verboten, streng verboten,
einer der's ma ausprobiert hat,
liecht schon hinter'n Haus,
Küssen fällt bei mir leider aus!«

Doch der Tobias hatte schon gar nicht mehr zugehört und war mit seiner Playstation 1695 aus goldenem Eichenholz bereits über alle sieben Erzgebirge, um mit seinen nichtsnutzigen Kumpels von der Märchenwald-Popgruppe »Die Plinsen« eine Runde »Grand Theft Pferdekutsche« zu spielen.

Die schöne Margitta Hackebeil rief dem Tobias noch nach: »Der gütige Steve Jobs im Himmel sei mit Dir, und vielleicht hilft er Dir ja auch mal, die Hose hochzuziehen und Deine Baseballkappe richtig rum aufzusetzen, Du Spacko!«

Das scharfe Fräulein Hackebeil war froh, dass sie nun die schwere hölzerne Playstation nicht mehr schleppen musste und wanderte weiter guten Mutes durch die sächsische Botanik.

Und wo sie auch hinkam grüßte sie herzlich einen jeden, den sie traf. Als sie an der Märchentalsperre Pöhl vorbeikam, grüßte sie den Kapitän, der mit einer Fregatte der sächsischen Bundesmarine dort vor Anker lag. Und der gute Mann antwortete ihr freundlich mit seinem Nebelhorn.

In Dresden-Herzegowina, bei der Semperoper, grüßte sie das dort arbeitende Brauereipersonal, das fröhlich aus den Fenstern des aus der Fernsehwerbung bekannten Kesselhauses zurück winkte.

Auch die sympathischen Saurier vom Saurierpark Kleinwelka-Herzegowina, die in den märchenhaften, alten Zeiten noch allesamt am Leben waren, grüßten das Fräulein Margitta überschwänglich und sie schenkten ihr vor lauter Freude eine riesengroße Tüte saure Saurier-Drops, die noch viel saurier waren als alle Dropse, die die Margitta jemals gegessen hatte.

Bald aber kam sie in einen Wald, der so dunkel war, wie der Hintern eines Bären um Mitternacht. Um sich in der Finsternis ein wenig Mut zu machen, ließ sie wieder ihre kräftige Stimme ertönen, die so schön war, wie der Klang einer Gefahrenbremsung der Märchenwaldstraßenbahn.

»Ahnungslos durch die Nacht,
und das Ganze um halb acht,
ahnungslos, sorgenfrei
arbeitslos und Spaß dabei...«

Und wie sie so sang, da sah sie eine kleine Hütte, in der noch Licht brannte. Singend marschierte sie darauf zu und weil die Türe offen stand, da betrat sie die Wohnstube, in der zigtausend Petroleumlampen ein gleißend helles Licht verstrahlten.

In der Wohnstube aber saßen an einem etwa acht Meter langen, gebogenen Fliesentisch drei Gestalten:

15

Ganz links saß ganz verpixelt der ehemalige Märchenwaldschlagersänger Michael Wendeltreppe, in der Mitte der wahnsinnig dreinblickende Grunzrocker Till Lila Lindenwurm und daneben der im ganzen sächsischen Märchenwald weltberühmte Erfinder des lauwarmen Wassers, der holzfreien Mettwurst und des alkoholfreien Popschlagers: Der Poptitan Dieter Biba Butzebohlen!

Und wie sie die scharfe Margitta Hackebeil singen hörten und sahen, wie das schöne Fräulein über ein Kamerakabel stolperte und der Länge nach hinschlug, da riefen sie voll Entzücken: »Also, an der Tanzperformance musst Du noch bissel arbeiten!«

Der Michael Wendeltreppe sprach: »Du bist genau das, was wir hier suchen und außerdem: Die Erde is 'ne Scheibe!«

Der Till Li-La-Lindenwurm grunzte: »Du flatterst hier zur Türe rein, Gott weiß, Du musst ein Engel sein!«

Und der Dieter Bi-Ba-Butzebohlen sprach: »Jetzt gebt der doch erscht ma 'ne Schelle, damit die wieder aufwacht! Ansonsten fand ich das meeeega!«

Der Till Li-La-Lindenwurm tat wie ihm geheißen, und nachdem er der Margitta Hackebeil eine mehr gescheuert hatte, als nötig gewesen wäre, schlug die wieder die Augen auf und fragte: »Huch! Wo bin ich?«

Doch da sah sie schon das große DSMWSDSST-Logo hinter dem Fliesentisch und da wußte sie sogleich, dass sie im Fernsehstudio von *Der sächsische Märchenwald sucht den Supersterntaler* gelandet war.

16

Das Studiopublikum war angesichts der schönen Margitta Hackebeil total aus dem Knusperhäuschen, klatschte rhythmisch und grölte anerkennend: »Auszieh'n! Auszieh'n!«

Die scharfe Margitta Hackebeil ließ sich nicht lange bitten, und weil sie so ein gutes Herz hatte, dachte sie bei sich: »Ich bin hier ja bei *Der Märchenwald sucht den Supersterntaler*, das guckt ja eh keene Sau mehr, da kann ich ruhig mein Leibchen auch noch verschenken! Hier sieht mich ja niemand! Und die armen Leute hier ham bestimmt nüscht zen Anziehen! Freunde, hier habt Ihr mein letztes Hemd!«

Als der lüsterne Greis Dieter Bi-Ba-Butzebohlen ihrer prachtvollen Südkurve ansichtig wurde, rief er laut: »Jawoll! Du bist es! Du bist unser neuer Supersterntaler!« Und er drückte unter seinem Platz am Fliesentisch den geheimen Knopf und löste die vorschriftsmäßige Glitterbombe aus!

Ei, Ihr lieben Kinder, da regnete es wie Gold auf den neuen Supersterntaler herab, bis nur noch ihre abstehenden Ohren aus dem Glitterberg herausschauten. Der Dieter Bi-Ba-Butzebohlen aber rief sogleich in seiner Heimatstadt Tötensen-Herzegowina an und informierte seine Frau, dass sie nunmehr seine zukünftige Ex-Frau wäre.

Die schöne Margitta Hackebeil wars zufrieden und nahm den Dieter Bi-Ba-Butzebohlen zum Gemahl. Doch weil der nach einer Woche merkte, dass die Margitta Hackebeil nicht kochen konnte, nahm er schreiend reißaus. Und so lebte die Margitta Hacke-beil glücklich mit dem Reichtum des alten Bi-ba-But-zebohlen. Und es gab alle Tage lecker Fisch zu essen, aus Dieters Koi-Karpfen-Teich.

Jorinde und Joringelpiez

Es war einmal ein alter Gnadenhof, mitten im übergewichtigen, sächsischen Märchenwald, darinnen wohnte die sympathische Hexe Oksana Ochsenschmalz. Sie war eine sehr böse Frau, so böse wie ein tasmanischer Teufel beim Krallenschneiden mit der Bastelschere, nur noch zehn Mal böser. Sie tat aber zu jedermann freundlich und wenn mal ein Rindvieh oder ein Eselein zu alt für die Arbeit am Fließband geworden war, dann brachten's die Leute zu ihr hin und dachten, ihr Vieh hätte nun ein gut Auskommen. Doch der Gnadenhof der Alten war nur eine Fassade und dahinter stand eine mit Knackwurst und Zwiebeln verzierte, geheime Feinkostfabrik mit hundert rauchenden Schloten aus purem Gold. Dort führte sie die armen Tiere hin und drehte sie durch den bösen Fleischwolf.

Der Verbrauch der Fabrik an Wurstbrät war so unermesslich, dass die alte Hexe zu all den Tieren auch noch Wanderer, Pilzsammlerinnen, Försterinnen und Traktoristinnen fing, wenn sie sich in der Nähe verlaufen oder verfahren hatten. Aus den Unglücklichen machte sie ihre Märchenwaldspezialitäten: den Pulsnitzer Lebwohlkuchen und sächsische Kalbslebwohlwurst. Ihre Konserven verkaufte sie in den ganzen

Märchenwald und nicht selten erhielt sie begeisterte Dankschreiben ihrer treuen Kundschaft:

Sehr geehrte Oksana Ochsenschmalz,

also, mit ihrer Rotkäppchensülze könnt' ich mir 'ne Wanne einlassen!

Herzlichst
Ihr lieber, böser Wolf

oder

Liebe Oksana,

unter Kolleginnen muss ich anerkennend sagen: Dein Kinderbrei schmeckt genau wie mein Selbstgemachter!

Beste Grüße
Karin Knusperhexe

Nun war einmal eine junge Frau, die Jorinde Mehlhorn, die hatte ein Lächeln so schön wie der Kühlergrill an einem frischgewaschenen Linienbus. Ihre Haare waren wild und spannend wie elektrischer Weidedraht und sie duftete wie ein verbeulter Drogerietransporter an einem blühenden Alleebaum in der Oberlausitz. Ihr Verlobter war ein adliger Jüngling: Prinz Joringelpiez von Anfassen. Und weil der schöne Joringelpiez von Anfassen seinem Namen immer wieder alle Ehre machen wollte, spielten die beiden oft Fangen, denn die Jorinde Mehlhorn war ein anständiges Mädchen.

Eines Tages jagte der Joringelpiez seine Jorinde quer über die Dübener Märchenwaldheide, bis sie aus den Flanken dampfte. Da kamen sie an einen finsteren, fressüchtigen Wald, um den viele Warnschilder aufgestellt waren, auf denen geschrieben stand: »Hau lieber ab!« und »Mach Dich vom Acker!«

Doch die Jorinde, die vom vielen Laufen schon heiße, rote Bäckchen hatte, beachtete die Schilder nicht und rief: »Komm mir doch hinterher, wenn Du Dich traust!«

Doch der Joringelpiez von Anfassen sprach: »Du kannst wo' nich' lesen, Du Trulla? Da soll mor nich' neigeh'n!«

»Hemmung!«, rief da die schöne Jorinde und lief noch tiefer in den Wald, wobei sie leider die Schilder übersah, auf denen geschrieben stand: »Eltern haften für ihre Kinder!«, »Letzte Bockwurst vor der Todeszone!« und »Ab hier musste selber wissen!«

Jauchzend sprang sie immer tiefer in den finsteren Märchenwald und alsbald sah sie das efeubewachsene Eingangstor des Gnadenhofs »Hufe hoch« und hörte das tiefe, beruhigende Brummen der Wurstmaschinen.

Sie freute sich und sprach: »Na das is' ja ma' e' Versteck, hier findet mich der Trottel nie! Da kann sich der Joringelpiez von mir aus selber anfassen!«

21

Und Jorinde huschte an den Schildern voller To-
tenschädel vorbei, die wie ein dichter Wald unüber-
sehbar um die Fabrik standen, und sie lief sogar an
den Schildern vorbei, die noch einmal gesondert auf
die Schilder mit den Totenköpfen hinwiesen und
rannte geradewegs in den Hof.

Im Hofe aber stand die alte Hexe Oksana Ochsenschmalz in einer weißen Gummischürze, hatte einen
Fuß auf den Hackklotz gestellt und holte mit ihrem
Hackebeil aus, um sich die Zehennägel zu kürzen.
Als die Hexe das schöne Mädchen Jorinde erblickte,
da wackelte sie mit dem Kopfe wie ein Wackeldackel
und sprach freundlich: »Ich seh' wo' ne rischtsch!
Was machst 'n Du hier? Du hast wo' die Warnschilder
ni gesehen?«

»Ach was. Warnschilder sind doch Mainstream.
Ich informier mich nur noch im Internet. Und da
steht: Schöner Gnadenhof, tierlieb, nette Chefin, fünf
Sterne, Daumen hoch! Und das Beste ist die Leberwurst zum Frühstück!«

Da musste die Alte sehr lachen, denn sie erinner-
te sich, dass sie diese Bewertung erst vor kurzem auf
Gnadenhofvergleich24 selbst abgegeben hatte. Doch
dann lief ihr angesichts des zarten Mädchens das
Wasser im Munde zusammen und sie holte ihren ver-
bogenen Zauberstab heraus und sprach:

»Da woll'n wir hier nich' länger klapsen,
Nachtigall, ick hör Dir trapsen!«

22

Und sie schwang ihren krummen Zauberstab über dem Mädchen, und es knallte und puffte wie sieben Donnerwetter über den sieben Erzgebirgen und als sich die große Wolke Pfefferminznebel verzogen hatte, da saß dort ein dickes Schweinchen und grunzte mit glänzendem, rosa Rüssel.

Da sagte die Hexe: »Na hoi, was'n hier los? Eigentlich wollte ich die in eine Nachtigall verwandeln, aber jetzt hab' ich der aus Versehen ein Joringelschwänzchen gehext. Ich sollte meinen Zauberstab aus der Arschtasche nehmen, wenn ich mich zum Fernseh'n off de Couch plumpsen lasse. Der is' schon so krumm, der hext ja um die Ecke.«

Und die Jorinde mit dem Joringelschwänzchen sprach: »Das machste noch ma'! Du bist wo ze bleede zen zaubern? So eine Scheiße mit der Scheiße! Zweehundort Puls habbe ich balde, dooo! Das steht so nich' im Sinnlos-Märchenbuch! Du zauberst mir sofort den Schweinebauch wieder weg, oder ich hol die Gebrüder Grimm!«

Doch die Alte erwiderte: »Also mit den Gebrüdern Grimm brauchste ni' glei' wedeln! Mei Zauberstab is' halt krumm. Hätt' ich vielleicht nich' beim Chinaversand bestellen solln.«

Da erhob sie den Zauberstab erneut, machte einige sinnlose magische Bewegungen und sprach:

»Jetzt ham wir hier den Sonderfall:
Statt Schwein will ich 'ne Nachtigall!«

23

Da rumste und bumste es in wohlbekannter Weise und als sich die Wolke aus nach Babypopo duftendem rosa Glitzerpuder verzogen hatte, da hatte das Schwein ein Paar kleine Stummelflügel auf dem Rücken. Zu allem Überfluss war der unglücklichen Kreuzung aus Schwein und Nachtigall nun auch die menschliche Sprache abhandengekommen.

»Hmm«, sagte die böse Hexe Oksana Ochsenschmalz, »das war nu' ooch nich' das Gelbe vom Drachenei. Der Zauberstab is endgültig hinüber!«

Sie schmiss ihren Zauberstab wütend in die Altzauberstabtonne, während die pralle Schweinigall Jorinde Joringelschwänzchen brummend wie ein überladener Hubschrauber vom Boden abhob, durch die Luft ins Geäst eines benachbarten Baumes taumelte und sich dort auf den Zweigen niederließ, die sich unter dem beachtlichen Kotelettgewicht ächzend gen Erdboden neigten.

Als sie es sich im Geäst gemütlich gemacht hatte, schüttelte die Schweinigall ihr borstiges Gefieder, holte tief Luft, wie der Blasebalg einer speckigen Ziehharmonika und stimmte ihren bezaubernden Gesang an: »Oink! Oink! Oink!«

Da brach auf einmal der Joringelpiez von Anfassen aus dem Unterholz, nachdem auch er alle Warnschilder und die Warnschilder vor den Warnschildern ignoriert hatte.

Er sprach zu der Hexe: „Sie werden entschuldschen, junge Frau, ich bin auf der Suche nach meiner Freundin!«

Doch bevor die Hexe auf die Schweinigall im Geäst

zeigen konnte, brach der Zweig unter ihr laut krachend ab und Jorinde Ringelschwänzchen fiel dem schönen Joringelpiez von Anfassen auf seine adelige Rübe. Da erstarrte der Joringelpiez zur Salzstange.

Als er aus seiner tiefen Ohnmacht erwachte und sich wieder bewegen konnte sprach er: »Auuu! Ham Sie umständehalber ma' zwee Aspirin und 'n Eisbeutel? Und außerdem! Was hast'n Du mit meiner Freundin gemacht, Du dämlichor, altor Besen?«

Die Hexe tat recht unschuldig und murmelte etwas von billigem Chinaplunder und dass man seine Zauberstäbe nicht im Märchenwald-1-Euro Shop kaufen sollte.

Da fiel der Joringelpiez vor die mächtige Zauberin hin und heulte dicke Tränen, die so weit spritzten, wie die Arschbombe eines Nilpferds vom Fünfmeterturm. Und er bettelte und flehte: »Liebe, böse Hexe, gib mir meine Jorinde zurück! Ich hab schon den Verlobungsring für ihr zartes, schlankes, filigranes Fingerlein gekooft und nu' gugge Dir ma' der Ihre Schweinehufe an!«

Doch die böse Hexe und Undercover-Feinkostfabrikantin Oksana Ochsenschmalz keifte: »Vergiss es! Die kommt in die Kalbslebwohlwurscht! Sobald die sieben Geißlein durch den bösen Fleischwolf gedreht sin', is' die Jorinde Joringelschwänzchen dran, so wahr ich Rumpelstilzchen heiße!«

»Aber Du heeßt doch gar nich' ... Momentema, sind hier alle irre geworden?«

»Oh, hoppla! Falsches Märchen«, erwiderte die

25

Hexe. »Also, vergiss es, die kommt in die Wurscht! Und jetzt haue ab, ich will ooch bloß heeme.«

Da irrte der adelige Jüngling Joringelpiez von Anfassen sieben Frühlinge, sieben Sommer, sieben Herbste und sieben Mal so was Ähnliches wie Winter durch die Lande und suchte ein Gegenmittel gegen den bösen Fluch, der seine holde Jorinde in eine zwitschernde Schweinigall verwandelt hatte.

Eines Tages hatte der Joringelpiez einen seltsamen Traum: Er sah sich, nur mit Cowboystiefeln bekleidet, nackend auf einem Fischerkahn und immer, wenn er sein Netz einholte, saß darin der weltberühmte Psychologe Dr. Sigmund Freud und sang La Paloma. Dann klingelte es auf einmal in dem Fischerkahn, und eine Tür, die da nun wirklich nicht hingehörte, öffnete sich und davor standen zwei Standesbeamte im Baströckchen, die ihm eine Zehnerkarte für Erdbeben verkaufen wollten.

Da erwachte der Joringelpiez aus seinem wirren Traume und rief: »Jawoll! Ich hab's! Zehnerkarte! Das isses! Ich kaufe mir einfach 'ne Zehnerkarte Gegenflüche, dann hat die alte Hexe keine Chance!«

Noch vor dem Zähneputzen bestellte er bei Zauberticket-online eine Zehnerkarte Gegenzaubersprüche.

Am nächsten Tage machte er sich auf zu der geheimen Feinkostfabrik im sächsischen Warnschilderwald. Doch die Schilder mit den Totenköpfen waren verschwunden und hatten großen, bunten Reklametafeln Platz gemacht, auf denen zu lesen war: »Heute Schlachttag! Lecker Schweinigallenleberwurst im Angebot!«

Da bekam der schöne Joringelpiez von Anfassen einen Riesenschreck, machte schnell Lack an die Hacken und rannte, so schnell ihn seine säbelkrummen Beine trugen.

Doch der Hof der Wurstfabrik war so riesig, dass er nicht wußte, wohin er zuerst laufen sollte! Der listige Joringelpiez aber orientierte sich einfach am Geruch und lief dem zarten Duft von Nachtigall hinterher, der aus dem Schweinestall kam. Dort nahm Joringelpiez die Witterung der Nachtigallenfährte auf und kroch schnüffelnd auf allen Vieren der Duftspur hinterher, bis er in der majestätischen, schmuddeligen Wurstküche ankam.

Da vernahm er die liebliche Stimme seiner Verlobten Jorinde, die kopfüber an einem Fleischerhaken über einem großen, dampfenden Topf voll kräftiger Brühe hing, und die Schweinigall Jorinde Joringelschwänzchen rief in ihrer Not: »Oink! Tirili! Oink! Oink!«

Da war der Joringelpiez ganz ratlos, denn obwohl er sogleich »Oink, Tirili, Oink, Oink« googelte, bekam er nur die Auskunft, dass Oink sechshundertsiebenundvierzig unterschiedliche Bedeutungen haben könnte, je nach Betonung. Doch weil der Joringelpiez zwar doof, aber so doof auch wieder nicht war, rief er: »Ich rette Dich, meine holde Jorinde Joringelschwänzchen! Bleib einfach, wo De bist!«

Und die Jorinde Joringelschwänzchen antwortete:

»Oink oink«, was soviel bedeutete wie: »Ich bin viellei ma' gefesselt, Du Depp, und hänge über'm Kochtopp voll dampfender Brühe! Was soll ich'n sonst machen, als hierbleiben?«

Die Alte, die gerade dabei war, dass Seil durchzubeißen, an dem Jorinde Joringelschwänzchen über dem Topfe hing, sah den Jüngling und wurde fuchsteufelswild, wie ein Teenager beim Onlinespielen.

»Du schon widdor! Du willst wo' Dein feines Liebchen holen? Aber das kannste vergessen, die kommt in die Wurscht! Und wenn Du nich' glei abhaust kommst Du in die Knackwurscht, beknackt wie De bist!«

Sie griff nach ihrem Hexenwaffenholster, wo sie normalerweise ihren durchgeladenen Zauberstab bereithielt, doch den hatte sie ja bereits ordnungsgemäß entsorgt. Da rief sie: »Verdammte Axt! Wenn ich meinen Zauberstab noch hätte, wärst Du längst Mortadella! Un' jetzt muss ich hier ooch noch mit dor Hand zaubern, das is' ja voll Neunziger!«

Und während Blitze aus ihren Handflächen schossen und sich ihre Haare in unzählige Schlangen verwandelten, schrie sie wie eine Furie:

»Eene, meene, miste,
Knackwurscht biste!«

Doch der Joringelpiez von Anfassen holte schnell seine Zehnerkarte saftiger Gegenflüche heraus, riss einen Abschnitt ab und rief:

28

»Mit dem Zaubern ist es Aus
rück meine Schweinigall heraus!«

Da könnt Ihr Euch vorstellen liebe Kinder, wie viele Flüche und Gegenflüche da hin und her, und wie viele schlechte Reime da über die Theke gingen. Schließlich fielen der alten Hexe keine albernen Verwünschungen mehr ein. Der Joringelpiez hatte aber noch einen letzten Abschnitt von seiner magischen Zehnerkarte übrig und wurde so Sieger im Zauberduell.

Plötzlich flog die Tür auf und ein Bischof in einem purpurnen Gewand stand in der Türe und rief: »I bims, die spanische Inquisition!«

»Upps!«, sprach da die Hexe. »Damit hatte ich nu' wirklich nicht gerechnet!«

»Niemand rechnet mit der spanischen Inquisition!«, sagte der Bischof und schleppte das keifende Weib hinfort, um ihr den Hexenprozess zu machen und ihr ein Knöllchen wegen halbherzigen Herumfluchens zu erteilen. Etwas später wurde zudem die Feinkostfabrik der Hexe behördlich geschlossen, weil die Stiftung Märchentest herausgefunden hatte, dass in der Bärchenwurst zu wenig Bären, aber in der Wurst mit Gesicht zu viel Gesicht war.

Der Joringelpiez von Anfassen aber besann sich: »Dlasse! Einen Abschnitt von meiner Zehnerkarte hab' ich ja noch! Damit kann ich ja ganz leicht den Fluch von meiner geliebten Schweinigall Jorinde Joringelschwänzchen lösen!«

Die Schweinigall baumelte immer noch wie ein

29

geflügelter, rosa Kronleuchter aus Schwarte über dem Suppenkessel, als sich der Joringelpiez anschickte, sie zu befreien. Er stieg, den letzten Gutschein seiner magischen Zehnerkarte in der Hand, auf den Rand des Topfes und rief siegesgewiss: »Or, aua! Scheiße, is' das heiß!«

Und weil er sich am heißen Kessel gewaltig die Pfoten verbrannt hatte, pustete er aus Leibeskräften auf seine geröteten Finger. Da flog der letzte, magische Gutschein aus seinen zitternden Griffeln und wehte in den Suppenkessel. Der Joringelpiez fischte ihn sogleich behende wieder aus der Wurstbrühe, um ihn zu trocknen, doch da fiel sein Blick aufs Kleingedruckte: »Zerruppt, gelocht oder gekocht ungültig!«, stand da in Buchstaben, deren Tinte verschwamm und sich in der Brühe verlief, kaum, dass Joringelpiez fertig gelesen hatte.

»Na, dlasse! Ooch das noch! Kein Zauberguthaben mehr! Und da hängt die Schweinigall Jorinde Joringelschwänzchen, und die hat bissel wenig mit dem zu tun, in was ich mich verlobt hab.«

Doch weil die Schweinigall eine so liebliche Stimme hatte und der Joringelpiez von Anfassen keine Geduld mehr, seinem Namen endlich Taten folgen zu lassen, da befreite er sie aus ihrer misslichen Lage, und ging zum Hufschmied, während sie brummend, aber in bester Laune, wie eine betrunkene Riesenhummel in Schlangenlinien neben ihm herflog. Beim Hufschmied angekommen, ließ er seiner Liebsten den Ring so erweitern, dass er auf ihre drallen Schweinehufe passte.

Da könnt Ihr Euch vorstellen liebe Kinder, wie festlich die Beiden Hochzeit gefeiert haben, denn wo die Liebe hinfällt, da wächst kein Gras mehr!

Sie tanzten sieben Tage lang, bis es nach gekochtem Schinken roch und die Schweinigall Jorinde Joringelschwänzchen mal eine Pause brauchte. Dann führte der schöne, adelige Jüngling Joringelpiez von Anfassen die Schweinigall seines Herzens ins eheliche Schlafgemach. Und er legte Ihren Huf in seine Hand und sprach mit zärtlicher Stimme: »Das hat ja gedauert. Mache den Kopp zu, ich bringe Dir morgen zum Frühstück 'n leckeren Eimer Kartoffelschalen ans Bett.«

Da wars die Schweinigall zufrieden und Jorinde Joringelschwänzchen von Anfassen, geborene Mehlhorn sprach: »Oink! Oink!«

Tischlein, duck Dich!

Vor Zeiten lebte in einem Einkaufswagenhäuschen auf dem Globusparkplatz in Wachau-Herzegowina der arme Supermarktparkplatzeinkaufswagenzusammenschieber Dr. Bernhard Butterbauch. Der hatte drei Söhne, den Thomas Butterbauch, den Tassilo Butterbauch und den Thoralf-Maria Butterbauch. Er hatte nur eine einzige Tochter aus erster Ehe, die Simone-Suleika Butterbauch.

Und der arme Supermarktparkplatzeinkaufswagenzusammenschieber sprach zu seinen Buben: »So, Freunde! Ihr wisst, mir ham nüscht ze beißen und mir sin alle ziemlich bleede, deshalb kommen mir nie off 'n grünen Zweig!«

Da sagte der Tassilo: »Aber Vati! Was heeßt 'n hier bleede? Du hast doch 'n Doktortitel!«

Doch der arme Supermarktparkplatzeinkaufswagenzusammenschieber Butterbauch antwortete: »Den hab ich ooch bloß in 'nem Einkaufswagen gefunden. Der muss irgend 'nem Virologen aus der Tasche gefallen sein. Aber Spaß beiseite: Die einzige Chance, die mir im Leben noch ham, is', dass mir Eure Schwester reich verheiraten! Und deshalb geht Ihr jetze mit der auf 'n Spielplatz und passt auf, dass die keen Köpper vom Kletterpilz macht. Die wird nämlich noch gebraucht! Im Gegensatz zu Euch! Also

33

nehmt 'n paar Snickers und e' paar Quetschies mit, falls die zwischenzeitlich Hunger kricht.«

Die Söhne taten wie der Vater ihnen geheißen und namen ihre Schwester Simone-Suleika mit auf den Spielplatz. Da könnt Ihr Euch vorstellen, liebe Kinder, wie sich die Simone-Suleika da gefreut hat! Als erstes nahm sie einem kleinen Jungen sein Schäufelchen weg und zog es ihm so lange über die Rübe, bis er nicht mehr weinte. Dann schubste sie ein anderes Mädchen von der Schaukel, dass es über den Zaun flog und nimmermehr gesehen ward. Und guter Letzt zwang sie den kleinen Tino, seinen eigenen Sandkuchen zu essen.

Da waren die Brüder sehr genervt und sprachen: »Or, neje! Simone-Suleika, Du blöde Kuh, wieso bist'n Du so aggro? Hier! Iss mal 'n Snickers!«

Da verschlang die Simone sämtliche Snickers mitsamt Verpackung und trank alle Quetschies hinterher. Dann rülpste sie wie ein Baggerfahrer auf dem Dixie-Klo, dass der Kletterpilz nur so wackelte.

Abends, als die Laternen angingen, sagten die drei Brüder: »Mir geh'n jetzt heim, Du blöde Ziege! Woll'n mir uns aufm Weg noch im Dönerpalast vom Märchensultan 'n Dürüm holen?«

Da sprach die Simone-Suleika:

»Ich verstehe die Frage nich!
24 Snickers, 12 Quetschies –
Ich bin so satt! Ich mag kein Blatt! Mäh!«

Nun hopsten sie zufrieden nach Hause zu ihrem Vater, der schon sehnsüchtig in seinem kleinen Einkaufswagenhäuschen auf sie wartete. Und er sprach: »Or neje. Ihr schon widdor! Habtor wenigstens der Simone-Suleika was ze futtorn gegehm?«

Und er streichelte seinem liebreizenden Töchterlein über den Kopf und fragte: »Na Simone-Suleika, bist Du ooch schön satt geworden?«

Doch die Tochter, die blöde Ziege, sprach:

»Wovon soll ich satt sein?
Das ganze süße Essen
ham die doch selbst gefressen! Mäh, mäh!«

Da wurde der alte Supermarktparkplatzeinkaufswagenzusammenschieber Dr. Bernhard Butterbauch sehr zornig und er rief: »So eine Scheiße mit der Scheiße! Zweehundort Puls hab ich balde, doooo! Keene Haare am Sack, aber'n Kamm in der Tasche! Ab mit Euch ins Kinderbergwerk!«

Und er jagte seine drei Söhne vom Supermarktparkplatz und warf ihnen einen alten Gummistiefel hinterher.

Die Simone-Suleika musste darüber so lachen, dass ihr versehentlich ein lauter Pups entwich. Da wurde der Vater misstrauisch und sprach: »Sagema Suleika, wieso riecht'n das hier off eenma nach Snickers mit Quetschies?«

Doch die Simone-Suleika tat recht unschuldig und sprach: »Ach, lieber Papi! Du musst Dich irren!

Vielleicht ist nur ein Wind von der benachbarten Müllkippe durchs Fenster gekommen?«

»Mir machste nüscht vor, mei Frollein! Ich bin e' Vater von vier Wänstern, ich hab schon alles gerochen in meinem Leben! Ich werde doch wohl noch 'n Quetschie-Pups erkennen!«

Und er begriff, dass sein Töchterlein ihn betrogen und er seine unschuldigen Söhne umsonst davongejagt hatte. Und vor lauter Ärger änderte er seiner Tochter das WLAN-Passwort, nahm ihr das Taschengeld rückwirkend für zwölf Jahre wieder ab und jagte auch sie in Schimpf und Schande davon.

Als er nun so alleine und einsam in seinem Einkaufswagenhäuschen auf dem Supermarktparkplatz saß, da überkam ihn eine große Leere und Traurigkeit, wie bei einem Tatort mit Jan Josef Liefers. Und er hätte seine Söhne gerne wiedergehabt, doch niemand wusste, wo sie hingeraten waren.

Die Söhne hatten sich indes in alle Himmelsrichtungen aufgemacht, ihr Glück in die eigenen Hände zu nehmen.

Der Thomas Butterbauch ging in die Lehre beim Märchenwaldfleischermeister Peter Hacke, der von allen nur Hackepeter genannt wurde. Dort lernte er alles über die Herstellung von Geißleinschinken und Rotkäppchensülze. Als er eines Tages eine sehr schmackhafte Leberwurst aus Rotkäppchens Oma hergestellt hatte, sprach der Märchenwaldfleischermeister zum Thomas Butterbauch: »Mei' lieber

36

Thomas! Dir kann mor nüscht mehr beibringen! Deine Leberwurscht hat die sächsische Leberwurschtgoldmedaille bekommen und der böse Wolf hat ooch schon 20 Dosen bestellt! Als Lohn für Deine treuen Dienste bekommst Du von mir eine Knüppelsalami im Sack!«

Da sprach der Tomas Butterbauch: »Sachema Meester, willste mich verarschen? Ne poplige Knüppelsalami für sieben Jahre Lehre? Is das alles, oder kommt da noch was?«

Doch der Märchenwaldfleischermeister Hackepeter antwortete: »Diese Knüppelsalami ist verzaubert! Davon kannst Du Dir absäbeln so viel Du willst, die wird niemals alle! Da hast Du Dein Lebtag zu essen und in der Not schmeckt die Wurst auch ohne Brot! Und nu' haue ab, ich kann Deine Visage nich' mehr sehen!«

Da sprach der Thomas Butterbauch: »Danke, Meester! Jetzt hab ich es zu etwas gebracht und kann ich mich wieder nach Hause trauen. Da wird sich mein Vater aber freuen, der legt sich doch gerne mal 'ne Scheibe Salami aufs Marmeladenbrötchen!«

Dann winkte er seinem Meister zum Abschied mit dem Mittelfinger und machte sich im Hopserlauf auf den Weg nach Hause.

Bald wurde es dunkel, doch er sah ein Haus in dem noch Licht brannte und ein rostiges Schild mit der Aufschrift »Zimmer frei«.

Das war die Pension und Pizzeria »da Luigi«, und er ging hinein und sprach zum Pizzabäcker: »Sachema, kammor hier ooch mit Salami bezahlen? Geld hab' ich nämlich keens!«

37

Der Luigi sprach: »Isse verstehe Frage nich'! Salami? Bezahle? Mamma Mia, Du haste Meise!«

»Neenee, passma off, mei Gudor!«, sprach der Thomas Butterbauch. »Jetzt zeig ich Dir ma was!« Und er holte die Knüppelsalami aus dem Sack und begann, mit seinem Schweizer Offiziersmesser große Stücke davon abzusäbeln. Da traute der Pizzabäcker Luigi seinen Augen nicht, als er sah, dass die Salami nicht kürzer wurde, so viel der Thomas Butterbauch auch abschnitt.

Und er dachte bei sich: »Isse musse habe diese Salami!«. Und zum Thomas Butterbauch sprach er: »Isse habe söne Zimmer füre Diche! Aber erstemale iche lade Diche ein auf eine schöne rote Vino!«

Und er verschwand schnell im Lager und füllte einen Tetrapack billigster Plörre in die leere Flasche eines teuren, alten Rotweins. Dann schenkte der Luigi dem Thomas einen kleinen Schluck ins Glas, damit er den Wein kosten konnte. Der Thomas Butterbauch bedankte sich artig, und weil er in der Schule gefehlt hatte, als gutes Benehmen dran war, schob er dem Luigi das Schlückchen im Glase zu – griff zur Flasche und soff sie in einem Zuge aus.

Da wurde dem Thomas Butterbauch von dem billigen Gesöff so schwindlig, liebe Kinder, wie nach vierzehn Runden Kettenkarussell und einem vergammelten Mettbrötchen. Er torkelte auf sein Zimmer, doch die Knüppelsalami im Sack, die vergaß er im Gastraum.

Da hatte der Pizzabäcker Luigi leichtes Spiel und heimlich tauschte er um Mitternacht die Knüppelsalami gegen einen Polizeiknüppel aus, den der Märchenwaldkommissar Bärbel Ehrlicher bei einer seiner Razzien in der Pizzeria vergessen hatte.

Als der Thomas Butterbauch seinen schlimmen Rausch ausgeschlafen hatte, warf er nichtsahnend den Sack über seinen Rücken. Als aber der Gummiknüppel im Sack auf seinem Rücken aufschlug, da dachte der Thomas Butterbauch bei sich: »Komisch. Das fühlt sich irgendwie genauso an, wie off dor Demo!«

Doch er dachte sich nichts weiter und hopste getrost seines Weges, heim zu seinem Vater auf den Globus Parkplatz nach Wachau Herzegowina.

Der zweite Bruder, der Tassilo Butterbauch, war in der sächsischen Märchenwaldbank untergekommen und erlernte dort sieben Jahre lang das ehrbare Handwerk der Bilanzfälschung.

Eines Tages sprach der oberste Kassenwart, Dr. Knut Knete: »Mei' lieber Tassilo! Die Lehre is rum! Du frisierst die Bilanzen so schön, wie einst der Udo Walz – Gott hab ihn selig – unsere Märchenwaldkanzlerin! Als Lohn für Deine treuen Dienste bekommst Du Deinen eigenen Geldautomaten! Daraus kannst Du Taler ziehen, so viel Du willst, und die Allgemeinheit muss alles bezahlen. So wie es bei uns in der Finanzbranche guter Brauch ist!«

Da schnallte sich der Tassilo Butterbauch seinen Geldautomaten auf den Rücken und machte sich hopsend auf den Heimweg. Bald kam auch er des Nachts an der Pension und Pizzeria »Da Luigi« an

39

der Märchenwalddorfstrasse vorbei. Und er sah das einladende, rostige Kneipenschild und fragte nach einem Zimmer.

Der Pizzabäcker Luigi war jedoch misstrauisch und fragte: »Haste Du überhaupte Gelde?«

Da erwiderte der Tassilo entrüstet: »Na hörma! Ich hab' viellei' ma' 'n eigenen Geldautomaten auf'm Rücken!«

Da entschuldigte sich der Luigi sogleich: »Entesuldigunge! Isse abbe gedacht Du haste bloße Buckel!«

Und sogleich holte er einen Tetrapack billigen Rotweins und trichterte diesen dem Tassilo ein, bis der die Englein singen hörte.

Die Englein sangen:

»Atemlos durch den Wald,
Hände klamm und Hintern kalt ...«

Doch weil der Wein so billig gewesen war, wie die Ausreden des Märchenwaldgesundheitsministers, klangen die Englein wie das quietschende Rad einer Schubkarre.

Um Mitternacht schlich sich der böse Luigi in das Zimmer. Weil der Tassilo so tief schlief, wie ein seit sieben Jahren totes Murmeltier, merkte er nicht, wie der kriminelle Pizzabäcker Luigi ihm einen alten Spielautomaten aus dem Gastraum unterschob und sich den Geldautomaten unter die schmutzigen Fingernägel riss.

Am nächsten Morgen warf sich Tassilo die Kiste auf den Rücken, bedankte sich artig bei Luigi und lief schnurstracks nach Hause zu seinem Vater und seinem Bruder Thomas.

Das gab ein großes Hallo, liebe Kinder! Und der Vater sprach: »Setz Dich, mei lieber Tassilo, wir wollen gemeinsam von der nimmer endenden Knüppelsalami essen, die Dein Bruder mitgebracht hat!«

Da setzten sie sich zu dritt an den Tisch und ein jeder versuchte, ein Stück von der vermeintlichen Knüppelsalami abzubeißen. Als sie eine gute Stunde lang ergebnislos darauf herumgekaut hatten, sprach der Tassilo: »Also ma ehrlich, hier stimmt doch was nich'! Diese Salami schmeckt total wie e' alter Polizeiknüppel!«

»Also nee, was Du schon alles gegessen hast!«, rief da der Thomas »Aber gestern war das noch 'ne echte Knüppelsalami, ich schwör!«

»Scheiß drauf!«, sagte da der Tassilo »Ich hab 'n Geldautomaten auf'm Buckel, daraus könn' mir uns so viel Knete zieh'n, wie mir wollen, da kaufen mir uns unsere Salami eben in der Wurschtabteilung!«

Da freuten sich alle auf das viele Geld, doch als sie den Stecker in die Steckdose gesteckt hatten, da blinkte der Spielautomat nur und sprach: »Büb büb büp! Büpbüpbüb! Bü Bü Dedümm!«

Dann gab es einen Kurzschluss und der alte Spielautomat rauchte an Ort und Stelle ab.

Da wunderte sich der Tassilo: »Das gibt's doch balde gor ne! ich könnte wetten, das war mal e' Geldautomat! Also, gestern beim Luigi ging der noch!«

41

Da rief der Thomas: »Luigi? Bei dem war ich doch ooch! Und vorher war der Drecksgummiknüppel noch 'ne schmackhafte Salami!«

Und der Vater sagte: »Da bin ich ja jetzt ma gespannt, was für'n Rotz der Thoralf-Maria mit nach Hause bringt, der müsste laut Sinnlos-Märchenbuch eigentlich ooch bald heeme gomm!«

Da griffen der Thomas und der Tassilo Butterbauch sofort zu ihren Handys und sendeten ihrem ahnungslosen Bruder eine Whatsapp.

Der Thoralf-Maria hatte indessen sieben Jahre lang im Märchenwaldmöbelhaus die Kundschaft vermöbelt und hatte nun ausgelernt.

Der schwedische Möbelhausbesitzer Lasse Lindström dankte ihm von Herzen: »Gottseidank bin ich Dich nu' los, Du Spacko! Wir ham noch 'n unverkäuflichen Tisch im Lager, den kannste ham.«

Und er stellte dem Thoralf-Maria ein kleines, unscheinbares Tischlein vor die Füße.

Der Thoralf-Maria sprach voller Dankbarkeit: »Was soll ich denn mit dem Mist? Sieben Jahre reiß ich mir hier den Arsch off und Sie speisen mich mit Sperrmüll ab?«

»Nich' so schnell!«, sagte da der schwedische Möbelhausbesitzer Lasse Lindström »Das ist ein Zaubertischlein! Wenn man es auf den Boden stellt und sagt: ›Tischlein, duck Dich!‹ dann fliegt es dem, der ihm am nächsten steht, voll an die Rübe! Und das is auch nebenbei bemerkt der Grund, warum die Kunden das Ding immer wieder zurückbringen. Nimm Du es, ich brauch Platz im Lager. Und nu' schieb ab, Möbelhaus is' keene Wärmstube.«

Zur Verabschiedung gab er dem Thoralf-Maria noch einen freundschaftlichen Tritt in den Hintern, und der gute Junge machte sich beschwingt auf den Weg nach Hause.

Als es abends dunkel wurde, da kam auch er zu der Pension und Pizzeria »Da Luigi«, doch noch bevor er hineinging, vibrierte sein Handy. Der Thoralf-Maria las die Whatsapp seiner beiden Brüder:

Hier, Thoralf-Maria, falls Du zufällig beim Luigi vorbeikommst, passe bloß off! Der klaut! Uns hat der 'n Geldautomaten und 'ne nachwachsende Knüppelsalami gemopst, der alte Pizzaschubser! Viele Grüße Thomas und Tassilo
P.S.: Finger weg von dem Rotwein!

»Ei!«, dachte sich da der Thoralf-Maria, »Der Luigi denkt wo', er wäre Supermario? Na, dem werd' ich's zeigen!«

Als er vor den Luigi trat, so fragte dieser misstrauisch: »Du siehste ausse, wie die beide Idiote mitte Salami und mitte Geldautomate... uuuups, wasse haste du da für eine hässliche, kleine Tischlein? Isse nehme keine Sperremülle in Zahlung!«

»Also mei lieber Herr Luigi!«, sprach da der Thoralf-Maria. »Das is viellei' ma e' Zaubertisch! Pass off, ich zeig's Dir!«

Und er stellte das Tischlein direkt vor den Luigi

und sprach: »So, Luigi! Gugge mich ma' an! Bitte lächeln! Und jetzt: Tischlein, duck Dich!«

Da flog das Tischlein wie von Zauberhand dem Luigi volles Pfund an die Rübe und der Luigi sprach: »Auaaaaa! Wasse solle dasse?«

Da rief der Thoralf-Maria: »Rücke sofort die Salami und den Geldautomaten raus, Du Napfsülze! Und nochema: Tischlein, duck Dich!« Und wieder flog das Tischlein mit Karacho an die Birne des Pizzabäckers.

»Auaaaa! Auffehöre! Du bekommste wasse Du wolle!« Und er rückte den Geldautomaten und die Knüppelsalami aus dem Sack heraus und winselte um Gnade.

Doch der Thoralf-Maria hatte einen solchen Gefallen an seinem neuen Tischlein gefunden, dass er gar nicht mehr aufhören konnte und immerfort rief: »Tischlein, duck Dich! Tischlein, duck Dich!«, und das tat er so lange, bis der Akku des Tischleins leer war und der Luigi nichts anderes mehr wollte, als zwei Aspirin und einen Eisbeutel.

Dann lieh sich der Thoralf-Maria ungefragt den Vespa-Lieferroller des Pizzabäckers, lud den Geldautomaten, die Knüppelsalami-aus-dem-Sack und das Tischlein-duck-Dich auf den Gepäckträger und knatterte fröhlich in Richtung Wachau-Herzegowina zu seiner Familie.

Da freuten sich alle und futterten nachwachsende Knüppelsalami und zogen so viele dicke Bündel Bargeld aus dem Geldautomaten, wie sie essen konnten.

Und wenn sie einmal Langeweile hatten, dann stellten sie das Tischlein-duck-Dich in ihre Mitte und riefen den Zauberspruch. Und wer das Tischlein an die Rübe bekam, der hatte verloren und musste abspülen.

Das Wurstgulaschinferno

Es war einmal ein armes, ebenso frommes wie dummes Mädchen, namens Folke, das lebte mit seiner Mutter Ilona Molke in einer immerwährenden Quarantäne. Der Vater, ein Amtsrichter am obersten Linsengericht in Bautzen-Herzegowina hatte seine Frau, die Ilona Molke und seine Tochter Folke Molke wegen einer Molkeunverträglichkeit verlassen und schreiend Reißaus genommen. Die beiden warteten sieben Jahre und sieben Nächte auf den Vater und die Zigaretten, die er zu holen versprochen hatte. Doch eines Tages hatten sie nichts mehr zu rauchen und zu essen und nichts zu trinken und auch nichts zu kauen, zu beißen, zu schlucken, zu schlürfen, zu mampfen und auch sonst nichts mehr im Kühlschrank außer einer halben Dose gezuckerte Kondensmilch von vor Weihnachten.

Da sprach die Mutter Ilona Molke liebevoll zur Folke Molke: »Du kannst nüscht, außer off der Couch hängen und die gute Luft wegatmen! Siehe zu, dass Du irgendwo 'n Schnitzel mit Kaisergemüse und Herzoginkartoffeln herbekommst, mir knurrt der Magen!«

Da antwortete die Folke: »Also Herzoginkartoffeln sin' doch gar keine rischtschen Kartoffeln dass is' doch bloß frittierter Kartoffelbrei!«

47

»Halt die Gusche!«, sprach da die Ilona Molke zur Folke. »Wir sin' hier nich beim perfekten Dinner! Außerdem: Mein Magen, meine Regeln! Und nu' mach 'ne Wolke, Folke!«

Da machte sich die Folke Molke in einer dicken Staubwolke aus dem Staube, um etwas zu essen zu suchen. Bald darauf begegnete ihr da eine alte Frau, die sprach: »Du armes Kind! Ich bin die Hexe Gundula Tschibo! Und Du siehst in meinen Augen total unterkoffeiniert aus!«

Und aus einem schweren Sack auf ihrem Buckel, aus dem mehrere Fledermäuse und schwarze Katzen flüchteten, kaum, dass sie ihn aufgeschnürt hatte, holte sie einen fetten, verzauberten Kaffeevollautomaten aus purem Gold und überreichte ihn dem Kinde, dass augenblicklich voller Dankbarkeit maulte: »Was soll ich 'n mit dem Scheißding, Frau Tschibo!? Wie soll morn davon satt wer'n?!«

Doch die alte, böse, gute Hexe Frau Tschibo erläuterte ihr geduldig die Betriebsanleitung. »Also: Der Automat is' verzaubert und kann Cappuccino, Milchkaffee, Latte Macchiato, Americano, Crema, Espresso und wenn Du auf diese geheime Taste drückst, auch Wurstgulasch! Aber ich rate Dir: Übertreib's nicht mit dem Wurstgulasch, manchma' klemmt die Taste!«

Da ließ sich die Folke Molke gleich mal ein Tässchen Wurstgulasch aus dem Automaten und als sie es auf Ex getrunken hatte, sprach sie: »Aua, is' das heiß! Aber lecker! Danke, liebe, böse, gute Hexe

Gundula Tschibo, jetzt ham mir immer fließend Wurstgulasch!«

Das Mädchen lief wie auf Sieben-Meilen-Flip-Flops heim zu seiner lieben Mutti. Von weitem konnte man sie schon rufen hören: »Mutti! Hole die Plasteteller aus'm Schrank, glei' gibt's Wurstgulasch, bis Dir schlecht is'!«

Die Mutter sprach freudig: »Na danke! Aber mir is' schon schlecht, weil ich in der Zwischenzeit aus Verzweiflung 'nen Sixpack Eierlikör weggeballert hab! Allerdings könnte ich jetzt wirklich 'ne Kranfahrerportion Wurstgulasch vertragen!«

Da könnt Ihr Euch vorstellen, liebe Kinder, was die beiden für ein Festmahl abgehalten haben! Sieben Tage und Nächte aßen sie Wurstgulasch mit Wurstgulasch, als Vorspeise Wurstgulasch und süßen Wurstgulasch zum Nachtisch.

Als sie eines Tages nicht einmal mehr zu rülpsen wagten und mit dicken, runden Bäuchen im Gulaschkoma vor sich hin verdauten, sprach die Mutter: »Du, Folke Molke, Du könntest eigentlich ma' zur Oma gehen und der ein Körbchen mit Kuchen und 'ner Flasche Wurstgulasch bringen!«

Und die Folke Molke sagte artig: »Or, neje ...«

Doch sie nahm ihr rotes Baseballkäppchen von der Garderobe, griff nach dem Korb und machte sich schwankend auf zu ihrer Oma, während der knappe Hektoliter Wurstgulasch in ihrem Wanst bei jedem Schritt hörbar von rechts nach links schwappte.

Die Mutter Ilona Molke rief ihr noch nach: »Nimm Dich in Acht vor'm bösen Wolfgang! Der steht mit seiner bösen Wolfgäng hinter der Umkleide und raucht heimlich Fliegenpilze! Nimm bloß nich' die Abkürzung über'n Sportplatz!«

»Jaja!«, sagte da die Folke Molke – und ging schnurstracks Richtung Sportplatz, um die Abkürzung zu nehmen.

Unterdessen war der Blutzuckerspiegel der Mutter von »Mount Everest« auf »Immer noch viel zu hoch« abgefallen und sie bekam erneut ein Hüngerlein auf einen weiteren Eimer Wurstgulasch. Also untersuchte sie den verzauberten Kaffeevollautomaten, um ihn einzuschalten. Als sie die geheime Taste gefunden hatte, da machte sie einen kurzen Flossendance und drückte dann beherzt darauf. Und schon begann der Wurstgulasch zu sprudeln wie ein Wasserrohrbruch im Harnweg, Hausnummer 14. Sie hielt ihr Putzeimerchen unter die Wurstgulaschdüse, trank es sogleich wieder aus und sprach: »So viel Eimer hab' ich zum letzten Mal auf Malle gesoffen! Aber ma' Spaß beiseite: Ich hab genug, wie geht'n das Scheißding wieder aus?«

Doch wie die böse gute Hexe Gundula Tschibo es prophezeit hatte: Der Ausschalter klemmte, und die Mutter schaffte nicht, den armdicken Strahl von Wurstgulasch zu stoppen. Bald stand ihr die paprikahaltige Speise bis zu den Knöcheln, doch bis sie ihre Gummistiefel geholt hatte, stand er ihr schon bis zum Knie und lief von oben in die Gummistiefel hinein.

Bald schon stand ihr das Gulasch bis zur Oberkante Unterlippe und die Türen des Hauses sprangen auf und die Ströme ergossen sich in alle Himmelsrichtungen. Auf einer fast perfekten Wurstgulaschwelle schwamm die Mutter Molke zur nächstgelegenen Telefonzelle, um sogleich den Gebrüder Grimm Märchennotruf zu wählen.

Am anderen Ende der Leitung meldete sich eine gelangweilte Stimme: »Hier ist der Märchennotruf der Gebrüder Grimm. Bruder Jacob am Apparat, was kann ich für sie tun?«

Die Mutter sprach: »So eine Scheiße mit der Scheiße! Zweehundort Puls hab' ich balde, doooo! Wie kricht mor den Wurstgulasch wieder aus? Der Mist steht schon bis zum Ortsausgangsschild, wir ham hier 'ne Wurstgulaschhavarie!«

Jacob Grimm wirkte nun noch etwas gelangweilter: »Wartense ma, ich frag ma mein Bruder! Wilheeeeeelm! Sachema, ham mir manchema e' Märchen im Programm mit nor Wurstgulaschüberschwemmung?«

»Näääää!«, rief es da noch gelangweilter aus dem Hintergrund. »Wurstgulasch hab' ich keine Akte dazu. Wir ham hier was mit'n süßen Brei, das is' viellei so ähnlich. Aber den süßen Brei führen wir zur Zeit gar nich' auf, der läuft erscht am Wochenende im Kinderprogramm. Also, mit Ihrem Wurstgulasch ham mir nüscht am Hut!«

»Sehnse!«, sagte da der Jacob Grimm und wollte schon wieder auflegen, doch die Mutter Molke rief in ihrer Not: »Wer sind'n hier die Gebrüder Grimm,

51

Ihr oder ich? Also macht Euch 'n Kopp, sonst is' hier Wurstgulaschtsunami!«

Da riss das Kabel vom Telefonhörer, an dem sie sich bis jetzt in den heranbrausenden Wurstgulaschmassen festgehalten hatte und sie trieb auf einer dampfenden Woge Richtung Tschechoslogowina.

Das Mädchen Folke Molke hatte inzwischen entgegen der Warnung ihrer Mutter die Abkürzung über den Sportplatz genommen wo der böse Wolfgang mit seiner bösen Wolfgäng hinter der Umkleide stand und Fliegenpilze rauchte. Da klingelte ihr Handy.

Am Apparat waren die Gebrüder Grimm, die nun gar nicht mehr gelangweilt, sondern höchst alarmiert klangen: »Hier ist die Märchenbetriebsleitung! Uns is' die Märchenmatrix abgestürzt! Wir ham hier 'ne ernsthafte Wurstgulaschhavarie! Geh'n Sie sofort heeme und schalten Sie den Wurstgulaschvollautomaten aus! Sonst …ahhhhhhh!«

Weiter kam Jacob Grimm nicht, denn in diesem Moment hatte es das Wurstgulasch durch die Lüftungsschächte in den Hauptschaltraum gedrückt, wo ein gewaltiger Kurzschluss die gesamte Märchenzentrale lahmlegte.

Da drehte das Mädchen auf der Stelle um, doch es sah es sich schon vom schönen, bösen Wolfgang und seiner siebenköpfigen bösen Wolfgäng umringt.

Der schöne, böse Wolfgang sprach: »Na, Folke Molke, Du willst wohl Deiner Großmutter Kuchen und 'ne Flasche Wurstgulasch bringen?«

»Ja,« sagte die Folke. „Aber mal was anderes: Wieso hast'n Du so große Augen?«

»Weil ich immer so viel Fliegenpilze rauche!«, antwortete der böse Wolfgang. »Willst Du auch mal ziehen?«

Doch in diesem Moment sprang der Märchenwaldkommissar Bärbel Ehrlicher aus dem Unterholz, wo er sich bis jetzt, als Konifere verkleidet, verborgen gehalten hatte.

»Ha! ich seh' wo' ni' rischdsch!«, rief der mutige Mann des Gesetzes. »Ihr seid alle verhaftet! Keine Macht den Fliegenpilzen!«

Und ehe die Folke Molke es sich versah, wurde sie in Ketten in den Kofferraum des Polizeiautos verladen und ab ging es ins Märchenwald -Untersuchungsgefängnis.

Und wenn die Folke Molke sagte »Ich bin unschuldig!«, dann antwortete der Kommissar Bärbel Ehrlicher: »Genau. Und ich bin der Kaiser von China.«

Da musste die Folke 48 Stunden lang brummen, bis sie schließlich Hofgang bekam. Und weil indessen der Wurstgulaschpegel auch im Gefängnishof immer weiter anstieg, schwamm sie irgendwann einfach über die hohen Mauern hinweg.

Inzwischen war der ganze sächsische Märchenwald von Wurstgulasch bedeckt. In der Elbe floss nur noch Wurstgulasch und die sächsische Wurstgulaschdampfschiffahrtflotte schipperte fröhlich darauf herum. Auf der Festung Königstein stieg der Gulasch so hoch, dass er über die Außenmauern in den Innenhof schwappte. An der Wurstgulaschtalsperre Pöhl brach der Staudamm und eine verheerende Welle der balkanhaltigen Soße donnerte tosend über das sächsische Märchenland. Jeder Bewohner schnappte nach etwas, woran er sich festhalten konnte. Das tapfere Webdesignerlein hielt sich an seinem Bettgestell fest, um nicht unterzugehen. Der Käsemike hatte seinen löchrigsten Käselaib ergriffen und ruderte mühsam an der Gulaschoberfläche. In einem alten Uhrenkasten trieb das kleinste der sieben sächsischen Geißlein vorbei und rief: »Frieden, Freizeit, keine Diktatur!« und mit dem Ruf »Ich glaube nicht an Wurstgulasch!« stürzte es über die Klippen des Elbsandsteingebirges, wo sich gewaltige Wurstgulaschfälle gebildet hatten, die brausend in die Tiefe tobten. Die Folke Molke war indessen zum Haus ihrer Mutter hinuntergetaucht, wo sie mit letzter Kraft den Stecker aus der Steckdose riss. Augenblicklich versiegte der Wurstgulaschstrom.

Da legte sich eine große Stille über das Land, und nur allmählich kamen die Gesänge der Vögel zurück und auch das Lachen der Kinder ertönte wieder, wenn diese am Wurstgulaschsee in Badehose planschten und Arschbomben machten. Auch die Bauern hörte man wieder singen, wenn sie die Felder bestellten, denn überall, wo das Wurstgulasch als Dünger hingekommen war, wuchsen auf den Feldern die prächtigsten Wiener Würstchen.

Nur der Winterdienst brauchte mal wieder ein paar Wochen, bis auch die letzte Straße vom Wurstgulasch frei gepflügt war.

Die anderen sächsischen Märchenwaldbewohner gewöhnten sich bald an die wurstgulaschgeprägte Landschaft und eröffneten Wurstgulaschkneipen, Wurstgulascheinzelhandels- und Fachgeschäfte und zahllose weitere Betriebe der wurstgulaschverarbeitenden Industrie. Die sächsische Märchenwaldbundeswehr stellte ihre Artillerie komplett auf Gulaschkanone um. Das war sehr weise, denn bei einem Krieg mit der Gulaschkanone wurden alle Soldaten schnell satt und hatten keinen Bock mehr auf Randale.

Und die Moral von der Geschichte:

Alles wird besser, wenn man ein wenig Wurstgulasch hinzufügt.

Die drei elektrischen Brüder

Es war einmal vor langer, langer Zeit, da lebte im Stadtteil Weißer Hirsch in Dresden-Herzegowina der einsame Manfred von Antenne in seinem prächtigen Sauerstoffzelt aus purem Gold. Die Tage und Nächte verbrachte er in seinem weitläufigen Hobbykeller, in den nur ganz selten Licht hineinkam und um den die frische Luft lieber einen weiten Bogen machte. Weil der unermüdliche Technikbastler von Antenne immer nach Lötzinn und nach elektrischem Blödsinn roch, musste er sein ganzes Leben lang alleine bleiben, denn keine Frau mochte mit ihm zusammen in seinen schmuddeligen Junggesellen-Hobbykeller hinabsteigen.

Das unterirdische Gemäuer aus Beton war voll mit Kabeln, Messgeräten, Widerständen, Dioden und Röhren, die sich über die Jahre angesammelt hatten, weil Manfred von Antenne der beste Bügeleisen- und Fönreparierer im deutschen demokratischen Märchenwald gewesen war. In vielen Jahren als hauptamtlicher Fernsehantennenwestausrichter im Märchental der Ahnungslosen hatte er es zu einem stattlichen Vermögen an Kabelsalat gebracht.

Da könnt ihr Euch vorstellen, liebe Kinder, dass es nicht lange gedauert hat, bis der arme, einsame Manfred von Antenne es in all dem Gerümpel kaum noch bis zum Kühlschrank geschafft hat. Nachdenklich murmelte er vor sich hin: »So eine Scheiße mit dor Scheiße, Zweehundort Puls hab' ich balde, doooo! Immer wenn ich mir ma' e' Kilo Tiefkühlerbsen aus'm Gefrierschrank holen will, muss ich erscht 'ne Klettertour durch mein Elektroschrottgebirge machen! Wahrscheinlich muss ich 'ma ordentlich ausmisten und mein' Keller offräumen! Sonst krieg ich ja nie 'ne Frau!«

Und sogleich machte er sich an die Arbeit und sortierte seine nutzlosen, elektronischen Ersatzteile in die Kategorien »Kann man nochmal für irgendwas brauchen …«, »Bloß nicht wegschmeißen!« und »Wer weiß, was man damit noch machen könnte …«

Doch schon nach sieben Minuten vergaß der Manfred von Antenne seinen Plan, ein bisschen Ordnung zu schaffen, und bastelte sich stattdessen aus den unzähligen Elektronik-Bauteilen drei elektrische Söhne.

Nun war er auch nicht mehr so alleine.

Den ersten Sohn nannte er Dioden-Ingo, denn in seinem Mund flackerten lieblich zwei makellose Reihen perlweißer Hochleistungs-Leuchtdioden, wenn er sprach. Seinen zweiten elektrischen Sohn nannte der Manfred von Antenne zärtlich den Lötkolben-Sören, denn bei ihm war die Nase aus einem Lötkolben gemacht und glühte stets rot. Wenn der Lötkolben-Sören mal Schnupfen hatte, dann fiel kein Tröpflein herab, sondern verdampfte an seiner Nasenspitze, dass es nur so zischte.

Den dritten, sehr rechteckig geratenen Sohn nannte der Manfred von Antenne liebevoll Leiterplatten-Lutz, weil er quadratisch, praktisch und gut war.

Als es nun daranging, den drei elektrischen Söhnen eine künstliche Intelligenz einzubauen, da merkte der Manfred von Antenne, dass im sächsischen Märchenwald wegen einer Missernte ein Mikrochipmangel herrschte, und er deshalb mit dem vorliebnehmen musste, was gerade an intelligenten Hausgeräten da war. Und so bekam der Dioden-Ingo den Verstand des Staubsaugers, der Lötkolben-Sören erhielt das Elektronengehirn der elektrischen Zahnbürste, und weil die Mikrowelle nur japanisch konnte, musste sich der Leiterplatten-Lutz mit dem Verstand des Toasters zufriedengeben.

Als die drei elektrischen Söhne zu stattlichen Androiden herangewachsen waren, da sprach der Manfred von Antenne liebevoll zu den drei kabellosen Brüdern: »So Freunde, folgender Sachverhalt: Seht Euch diesen Berg Sondermüll in meinem prunkvollen Hobbykeller an! Das alles soll einmal einem von Euch gehören! Ihr seid nu' alt genug, um auf eigenen Gummifüßen zu stehen, deshalb hinaus mit Euch in die weite, sächsische Märchenwelt, seht zu, das aus Euch was Gescheites wird. Ihr sollt ja nicht so enden wie ich. Und wer von Euch die steilste Karriere macht, der soll alles das alleine besitzen!«

Da dachten die drei elektrischen Brüder dankbar: »Da kost' ja die Entsorgung mehr, als das Gelumpe wert is'! Danke für nüscht, Vati!«, luden an der Steckdose ihre Akkus auf und machten sich auf in die große, weite Welt.

Bei den Gebrüdern Grimm im Kontrollzentrum der Märchenmatrix fing indessen ein Warnlämpchen an, hektisch rot zu blinken. Jacob Grimm, der am Schaltpult im Märchenwaldkontrollzentrum gerade ein Nickerchen gemacht hatte, öffnete langsam ein Auge und sprach: »Hä? Was'n hier los?«

Sein Bruder Wilhelm, der soeben kleckernd einen Zauberpilzjoghurt über der empfindlichen Elektronik des Märchenkontrollpults löffelte, sagte beruhigend: »Wird schon nüscht sein ...« und aß mit vollen, roten Backen seelenruhig weiter, während sein Bart vom Joghurt immer weißer wurde.

Der erste Sohn, der Dioden-Ingo von Antenne, machte derweil eine Lehre zur Baustellenbake mit Beleuchtung. Und weil er ein höflicher Roboter war, konnte er nicht anders, als bei jedem vorbeifahrenden Auto »Gute Weiterfahrt!« zu rufen. Da blinkte er wie eine alberne Weihnachtslichterkette auf einem Plattenbalkon im Märchenwaldneubaugebiet Hellersdorf-Herzegowina, und bald war er der Beste in seinem Ausbildungsjahrgang. Wo immer er auch seinen Dienst als Warnleuchte versah, da schafften es nachts sogar die eierlikörtrunkenen Rentner unfallfrei durch die Baustelle, ohne auf Schrittgeschwindigkeit abbremsen zu müssen.

Eines Tages sprach der Autobahnbaustellenkönig

Mirko Mörtel, der A14te: »Mein lieber Dioden-Ingo, die größte Leuchte im sächsischen Märchenwald bist Du nu' wirklich nich', aber als Warnbake bist Du die Idealbesetzung! Ich ernenne dich hiermit feierlich zum Vollpfosten! Und nu' mache, dass De bis zum Abendbrot heeme bist! Dein Vati wartet bestimmt schon mit einem Tellerchen lecker Schrauben-Müsli auf Dich!«

Da blinkte der Dioden-Ingo voller Freude wie das Riesenrad auf der Kleinmesse in Leipzig-Herzegowina am Republikgeburtstag, verlor vor lauter Freude einige Tropfen Batterieflüssigkeit und machte sich quietschend und scheppernd im Hopserlauf auf den weiten Weg zu seinem Vater nach Hause.

Im Märchenmatrixkontrollzentrum der Gebrüder Grimm war Jacob inzwischen aufgewacht und betrachtete auf einer riesigen Wand voller Bildschirme, auf denen gleichzeitig die unterschiedlichsten Märchen aus allen Ecken des Märchenwaldes abliefen, fassungslos die Übertragung von Märchenüberwachungskamera 16.

»Wilhelm, hier stimmt was nich'! Sagema, ich erkenn' das Märchen ja gar nich' mehr wieder! Hast Du den Bullshit programmiert?«

»Wer denn sonst, Du fauler Sack!«, antwortete der Wilhelm Grimm. »Du pennst doch eh bloß 'n ganzen Tag!«

»Ja, aber gugge Dir das bitte ma' an!«, sagte Jacob. »Seit wann sind denn die drei Brüder selbstgebastelte Roboter aus Schrott? Sachema, hast Du Lack

61

gesoffen? Wieso hastn Du da einfach die Mutter weggelassen?! Du weeßt doch, dass Märchen ohne Mütter immer in die Hose geh'n!«

»Die Mutter weggelassen! Die Mutter weggelassen!«, äffte der Wilhelm Grimm schnippisch seinen Bruder nach, dann fuhr er fort: »Mir ham keene Mütter mehr im Lager, weil Du aus Kostengründen ma' wieder keene nachbestellt hast, Du Eibemme! Irgendwann sparst Du unsere Firma noch ma' kaputt! Und in der Werkstatt ham mir nur noch eine einzige böse Stiefmutter!«

»Na – und warum haste die nich genomm?!?«, fragte Jacob Grimm.

Wilhelm erwiderte ärgerlich: »Weil die schon drei Generationen Aschenputtels, Schneewittchens und Hänsels und Brezels offgetrachen ham! Die is' total lavede! Und gar keene Mutter is' immer noch besser, als 'ne böse Stiefmutter, die ständig Luft verliert! Alle zwee Stunden musste mit der zur Tankstelle, offpusten, sonst hängt die wie 'n Handtuch über der Sofalehne!«

»Is' ja gut. Ich hab's verstanden«, sagte der Jacob Grimm zerknirscht. »Aber bei Junggesellenmärchen triefelt halt immer die Matrix auf! Jetzt ham mir jedenfalls den Salat! Junge, Junge, Junge!«

»Selber schuld«, zuckte Bruder Wilhelm mit den Schultern.

»Ach, du Scheiße! Komm her, Willi, es geht schon wieder weiter! Das musste sehn!«, rief Jacob, und Wilhelm Grimm erwiderte: »Warte, ich hol nur schnell Popcorn!«

Der Lötkolben-Sören hatte indessen vorne den Lötkolben als Nase und hinten einen Tauchsieder, den sein geschickter Vater ihm als Ringelschwänzchen eingebaut hatte. Also heuerte er in der Kneipe »Zum ranzigen Rostbrätel« an und wurde der beste Bierwärmer im gesamten sächsischen Märchenwald. Viele magenleidende Senioren dankten es ihm mit reichlich Trinkgeld. Weil er aber einen so hohen Stromverbrauch hatte, sprach eines Tages der Gastwirt, den alle nur den Zauberpilsener-Peter nannten: »Warmes Bier kommt so langsam aus der Mode. Und deshalb, mein lieber Lötkolben-Sören: Hier hast Du ein übertrieben gutes Arbeitszeugnis! Damit kriegst Du auch locker 'ne Umschulung zur Heißklebepistole! Heißesten Dank! Ich könnte wetten, Du bist der wärmste von Euch drei Brüdern!«

Da glühte die spitze Nase vom Lötkolben-Sören so rot und fröhlich wie der Hintern eines sehr, sehr kleinen Pavians im Zoo der Minis in Aue-Herzegowina und er rief: »Danke, piep, Meester, tüddelüüüt!«, und er hopste, lustig seinen Stecker hinter sich herziehend, nach Hause zu seinem Vater Manfred von Antenne.

Im Kontrollzentrum der Märchenmatrix hämmerte Jacob Grimm inzwischen unablässig mit der Stirn auf die Tischplatte. »Offhörn!«, rief er, denn derart missglückte Märchenprogrammabläufe in der Märchenmatrix bereiteten ihm regelrecht körperliche Schmerzen, die er wohl mit einem ordentlichen Ei am Kopp übertönen wollte.

Sein Bruder Wilhelm reichte ihm schnell zwei Aspirin und einen Eisbeutel, strich sich hektisch seinen Bart, dass die Läuse nur so sprangen und sprach dann: »Ich hol jetzt das Nothämmerchen, dann hauen mir die Scheibe vom Märchenmelder ein und drücken auf Not-Aus!«

Dann sprang er behände zum Nothämmerchen, um dem Spuk auf der Stelle ein Ende zu bereiten. Er riss es aus der Halterung und sprintete zu dramatischer Musik in Zeitlupe Richtung Notknopf. Doch das goldene Nothämmerlein war mit einer schweren Eisenkette gegen Diebstahl gesichert! Und weil der sparsame Märchenbruder Jacob Grimm aus Kostengründen lieber eine etwas kürzere Kette angebracht hatte, reichte sie leider nicht ganz bis zur Glasscheibe des Märchen-Notausknopf-Kästchens.

Da könnt Ihr Euch vorstellen, wie wahnsinnig der Wilhelm Grimm da auf seinem Sinnlosmärchenbuch herumgekaut hat – und wie dämlich der Jacob dazu geguggd hat.

Die beiden elektrischen Brüder Dioden-Ingo und Lötkolben-Sören waren indessen zu ihrem Vater Manfred von Antenne in seinen Hobbykeller zurückgekehrt und hatten ihrem Vater ihre Künste vorgeführt. Und als der Vater wieder etwas sehen konnte, nachdem der Dioden-Ingo ihn mit dem Flutlicht seiner atomaren Kauleiste voller Hochleistungsdioden geblendet hatte und nachdem er auch das warme Bier verdaut hatte, dass der Lötkolben-Sören ihm serviert hatte, sprach er zu sich: »Wahrscheinlich bin ich selbst schuld. Hätt' ich den beiden Schrotthaufen doch bloß e' paar intelligentere Computerchips eingebaut!« Und zu seinen Söhnen sagte er: »Ich bin Euer Papi und muss Euch ja trotzdem liebhaben. Also: Sehr gut gemacht! Ich möchte gar nich' wissen, was aus'm Leiterplatten-Lutz geworden is'!«

Im gleichen Moment flog die Türe auf und der Leiterplatten-Lutz von Antenne, der das Elektronengehirn des Toasters bekommen hatte, marschierte fröhlich in die Wohnstube und rief: »Hurra! Ich habe den Pinky-Menstruationshandschuh erfunden!«

Bei den Gebrüdern Grimm brach in diesem Moment helle Panik aus. Beide liefen vor Scham knallrot an, denn sie waren im Geiste des späten Mittelalters erzogen worden, und kannten Frauenprobleme im Allgemeinen nur von der Hexenverbrennung. Aus dem großen Schaltschrank roch es indes verdächtig nach verschmorter Elektronik und im Sicherungskasten der Märchenmatrix knallten reihenweise die Sicherungen heraus, wie die Sektkorken beim Neujahrsfeuerwerk in Görlitz-Herzegowina.

»Ahhhhh! Kernschmelze im Prozessorkern!«, rief Jacob mit weit aufgerissenen Augen.

»Rette sich wer kann! Frauen und Kinder zuerst!«, schrie Wilhelm aus Leibeskräften.

»Falscher Text!«, erwiderte Jacob. »Sin' doch gar keene Weibor hier!«

»Gugg Dich ma' an!«, giftete Wilhelm zurück. »Dann weeßte ooch, warum!«

65

Die Gebrüder Grimm rafften zankend und voller Eile ihr hölzernes Waschzeug und ihren jeweiligen Lieblingsteddybären zusammen und stopften einige Paar Boxershorts aus grobem Sackleinen in ihre Märchenwaldalditüte. Dann luden sie sich pralle Schatzkisten voller wertvollem Plunder und Gelumpe auf ihren Rücken, machten das Licht aus und schlossen den Kontrollraum der Märchenmatrix von außen zweimal ab. Wilhelm Grimm schluckte sogleich den Schlüssel herunter.

Sie hängten noch schnell einen Zettel an die Tür auf dem geschrieben stand: »Mir warns ne!« Dann riefen sie sich ein Taxi zum Märchenwaldflughafen und desertierten diskret nach Mallorca-Herzegowina, bis Gras über die Sache gewachsen war.

Der Erbauer der drei elektrischen Brüder, Manfred von Antenne, saß währenddessen betrübt in sich zusammengesunken in seinem Hobbykeller und wusste nicht, wem er den großen Altelektronikhaufen vererben sollte, weil seine drei selbstgebastelten Söhne alle in etwa gleich dämlich waren. Nur Leiterplatten-Lutz mit dem Mikrochip des Toasters war besonders peinlich gewesen.

Also sprach der Manfred von Antenne: »Ich hab's! Ich nehm die drei Flitzpiepen wieder auseinander und baue mir endlich 'ne Frau!«

Und so schwang er den Schraubenzieher, nahm die Lötkolben-Nase vom Lötkolben-Sören zur Hand und baute sich aus den Einzelteilen seiner dämlichen Söhne ein prächtiges Roboterweib, das so schön war, wie eine elektronische Registrierkasse aus purem Gold. Darüber hinaus verfügte sie über einen Durchlaufkühler für Bier und wenn sie eine Rumpfbeuge vorwärts machte, dann konnte man auf ihrem ausladenden Heckspoiler knusprige Klopse braten, dank des kunstvoll transplantierten Tauchsieders von Lötkolben-Sören. Und sie lebten miteinander fortan glücklich und zufrieden.

Doch warum sie 14 Tage später und auf sehr unglückliche Weise ineinander verhakt in der Notaufnahme vorstellig wurden ... das, liebe Kinder, ist schon wieder ein ganz anderes Sinnlosmärchen.

Die Ulrike auf der Erbse

Es war einmal vor sehr langer Zeit, als das Internet des sächsischen Märchenwalds noch eine Trommel war, da lebte ein stattlicher Jüngling, der hieß Geronimo Schlüsselbrett und der war so schön und gerade gewachsen, wie eine gekochte Makkaroni.

Als ihm eines Tages zu langweilig wurde, den ganzen Tag nur seinen tiefergelegten Hengst namens Golf zu striegeln, da ging er zu seiner Mutti und sprach: »Du Muddi! Ich hab' jetzt genug vom Golfwaschen! Unter anderem ooch, weil ich an den Unterboden gar nich' mehr rankomme, seit ich das Ding um 'n Meter tiefer gelegt hab. Es wird ma' Zeit für was Neues: Mutti, Ich will heiraten!«

Da verleierte die Mutter Schlüsselbrett genervt die Augen, sah ihn mitleidig an, und sprach: »Mein guter Geronimo! So wie Du aussiehst, hast Du nich' gerade die freie Auswahl an dor Losbude des Lebens. Du wirst wahrscheinlich nehmen müssen, was kommt. Wie soll se denn ausseh'n, die Zukünftige?«

»Ach!«, sprach da der Geronimo. »Es' Aussehen is' mir eigentlich Wurscht, ich hab da gar keene Ansprüche. Hauptsache, sie is' hübsch und is' 'ne echte Prinzessin!«

Da musste seine Mutter laut lachen und dachte

lange nach. Dann legte sie dem Geronimo ein Profil bei Märchenwald-Tinder an, und alsbald hatte der Geronimo ein Match, denn seine listige Mutter hatte als Profilbild ihres Sohnes ein Foto des berühmten Märchenerzählers Jan Josef Lieferdienst verwendet.

Es dauerte auch gar nicht lange, da klopfte es an der schweren Holztür der Familie Schlüsselbrett und die Mutter rief: »Geronimo! Mach ma' off, das is' bestimmt der böse Lieferandolf! Ich hab' mir 'n Siebengeißleinburger bei dem bestellt! Ich kann grad nich', ich sitz off 'm Topp und lese Sinnlos Märchenbuch!«

Da sprach der hübsche Geronimo: »Ich geh' ma guggn, wer draußen steht!«

Als der Geronimo die schwere Holztüre geöffnet hatte, da sah er ... nix.

Denn er musste seine Augen abwenden, so sehr strahlte die Weinprinzessin Wynona Weißbier in ihrer ganzen Pracht und Herrlichkeit.

Ihr zierliches, schmales Gesicht beherbergte eine etwa babyfaustgroße, knallrote Nase und über ihrer fliehenden Stirn hatte ihr kostbares Weinprinzessinnen-Diadem große Mühe, sich im schütteren Haar ihrer Stirnglatze festzuhalten. Aus ihrem trägerlosen Kleid quollen Arme so schön wie frische Hausmacherleberwürste und auf ihrem ausladenden Hinterteil prangten zahlreiche goldene Weinsiegel und DLRG-Medaillen, die ihr würziger Hinterschinken ohne Zweifel verdient hatte.

»Guten Tag, i bims, die ... hicks ... Wein- und Schinkenprinzessin Wynona Weißbier, kann ich umständehalber bei Ihnen ma' off de Toilette, ich gloobe, ich hab' schon wieder een Märchentaler Kadarka ze viel gezwitschert... Und apropos eener ze viel ... hicks ... seid ihr Zwillinge, oder seh' ich bloß doppelt?«

»Tut mir leid«, sprach da der Geronimo. »Unser Klo is besetzt, da hockt meine Mutter und liest Sinnlos Märchenbuch, das kann so lang dauern, wie ein Tatort mit Jan Josef Lieferdienst. Ma bitte lieber beim Nachbarn fragen!«

Und er knallte der sympathischen Weinprinzessin die schwere Holztüre direkt vor ihrer roten Nase einfach wieder zu.

Als seine Mutter erfuhr, dass er eine leibhaftige Wein- und Schinkenprinzessin zum Teufel gejagt hatte, sprach sie: »Sachema, Du Hirnie, geht's noch? Die kannste ni' loofen lassen, die war für Dich wie e' Sechser im Lotto!«

Doch der Geronimo sprach: »Die hatte viellei' sechs Promille, das war aber ooch schon alles. Mir warten lieber off die nächste! Andere Weinköniginnen ham ooch schöne Töchter!«

Im sächsischen Landesverband für landwirtschaftliche Werbeprinzessinnen wurde indessen sein Märchenwald-Tinderprofil eifrig geteilt und von der Kartoffelsalatprinzessin bis hin zu Ihrer Durchlaucht, der Lauchprinzessin, wünschten sich alle ein Date mit Geronimo Schlüsselbrett. Denn sie ahnten nicht, dass er sich sein attraktives Foto nur von dem, mit Speckschwarte eingeriebenen, fettig glänzenden Märchenerzähler Jan Josef Lieferdienst ausgeliehen hatte.

71

Eines Sonntags saß die Eierprinzessin Eileen Vollei, geborene Huhn in ihrer mit Eierkartons tapezierten Stube, warf sich in Schale, kämmte sich ihr dottergelbes Haar und sang mit lieblicher Stimme ihr Lieblingslied von Klaus und Klaus:

»Klingelingeling, klingelingeling,
hier kommt der Eiermann ...«

Versonnen blickte sie auf ihr Spiegelbild in dem Spiegelei, dass über ihrer Frisierkommode an die Wand genagelt war. Dann sprach sie:

»Spiegelei, Spiegelei an der Wand,
wer ist die Schönste im ganzen Land?«

Und das Spiegelei antwortete:

»Also erschtens: Falsches Märchen! Und zweetens:
Wenn Du 'n ganzen Tag in Spiegel glotzen musst,
stimmt irgendwas mit Dei'm Selbstwertgefühl
nich'. Ich sach's ja bloß ...«

Da aß die Eierprinzessin das Spiegelei zur Strafe für seine Ehrlichkeit auf, doch da vibrierte auch schon ihr Ei-Phone. Und als sie das Profil des dämlichen Geronimo mit dem Bild des klarlackierten Jan Josef Lieferdienst erblickte, da entbrannte ihr eiförmiges Herz in Liebe, sie machte vor lauter Freude einen Eisprung und rannte im Eierlauf durch den prasselnden Regen zum Geronimo.

Da könnt ihr Euch vorstellen, liebe Kinder, wie da der Geronimo Schlüsselbrett gestaunt hat, als die Eierprinzessin Eileen Vollei geborene Huhn auf einmal klatschnass vor seiner Türe stand. Und er sprach: »Sachema, wo kommst Du denn her? Stehst hier bei Regen vor meiner Türe, Du frierst doch bestimmt! Geh doch lieber nach Hause!«

Doch da war es endgültig um die Eierprinzessin geschehen, denn obwohl er seinem Profilbild nicht mal ansatzweise ähnlichsah, erkannte sie ihre Seelenverwandschaft zum Geronimo Schlüsselbrett, der nicht nur ein genau so großes Ei am Kopp hatte wie sie, sondern auch eine ausgesprochene Eibemme war.

Da hub sie an, dem Geronimo ihre Liebe zu gestehen, und sie sprach: »Ei, mei lieber Geroni ...«, doch weiter kam sie nicht, denn Schlüsselbrett Junior hatte ihr die Türe krachend vor ihrer eiförmigen Nase zugeworfen.

Da weinte die Eierprinzessin Eileen Vollei, geborene Huhn, doch es half alles nichts: Sie musste zurück in die Legebatterie der landwirtschaftlichen Produktionsgenossenschaft in Ei-Ei-Eilenburg-Herzegowina und weiter Werbung für Eier machen. Denn Eierwerbung ist wichtig, liebe Kinder, damit die Leute nicht immerzu daran denken, dass Eier in Wirklichkeit aus einem Hühnerhintern kommen!

Am nächsten Tag klopfte es wieder an die Tür der Familie Schlüsselbrett und die Mutter vom schönen Geronimo, die noch immer auf dem Lokus saß, rief: »Geronimo, mache off, ich komm hier nich' weg, ich hab aus Versehen zwee Pfund Hackbraten mit Champignons gegessen! Mache schnell off, bestimmt steht diesmal Deine Prinzessin draußen!«

Und der Geronimo tat wie ihm geheißen.

Er hatte die Türe noch gar nicht ganz offen, da ertönte von draußen ein langer, lauter Pups und ein erleichterter Seufzer.

»Alles raus, was keene Miete zahlt!«, rief die Fremde, während dem verdatterten Geronimo binnen Sekunden die Brille beschlug. »Guten Tag, i bims, die Rosenkohlprinzessin Flatulenzia, die Kohlriechende!« Und sie sah den Geronimo an und sprach: »Entschuldige bitte, aber ich muss auf jedem Pressetermin 'n Teller Rosenkohl für die Fotografen essen! Aber jetze ma' zu Dir: Also auf dem Profilbild bei Märchenwald Tinder hast Du aber keene beschlagene Brille off!«

Doch der Geronimo konnte nicht antworten, denn er war aufgrund der beschlagenen Brille soeben gegen den Türrahmen gelaufen.

»Und außerdem ...«, rief die Rosenkohlprinzessin empört, »... ich hatte eigentlich jemanden erwartet, der aussieht, wie der Jan Josef Lieferdienst – und nich' wie seine Oma.«

Der Geronimo betätigte kurz die Scheibenwischer an seiner Brille. Dann sprach er: »Du bist wo' beim Eulenschießen übriggeblieben!? Ich gloobe außerdem nich', dass Du wirklich 'ne echte Rosenkohlprinzessin bist! Weil vom Geruch her tät ich eher sagen, Du sammelst Spenden fürs neue Stinktiergehege im Zoo!«

In diesem Moment entwich der Rosenkohlprinzessin ein weiteres Lüftlein, das klang so lieblich und vielstimmig wie eine Polka von Johann Sebastian Bach, aufgeführt vom Posaunenquintett Pobershau-Poperzegowina.

Und der Geronimo sah, wie die Blümelein im Flur auf der Stelle verwelkten und ihre Köpfchen hängen ließen. Der Hund der Familie Schlüsselbrett rollte winselnd auf den Rücken und stellte sich tot. Die Kanarienvögel hingen kopfüber an ihrer Stange in der Voliere und die Vöglein sprachen: »Hansi! Bubi! Hiiiiilfe!« Die Hühner der Familie standen vor der Küchentüre Schlange, in der Hoffnung, alsbald geschlachtet zu werden. In den Maulwurfshügeln im Garten rumorte es, dann sah man, wie auf den bröseligen Erdhäufchen kleine, weiße Fähnlein gehisst wurden. Der Clownsfisch namens Nemo, der im Aquarium wohnte, floh aus seinem gläsernen Gefängnis, um seinen Vater wiederzufinden, obwohl das eigentlich ein völlig anderer Märchenfilm war. Die Fliegen schließlich, die in großer Zahl an den Wänden und auf dem Geronimo gesessen hatten, purzelten wie Popcorn zu Boden. Und die Gardinen, die letzte Woche noch gewaschen worden waren, wurden so gelbstichig wie die Gardinen im Raucherzimmer des Märchenaltbundeskanzlers Helmut Schmidt.

Als sich der Nebel langsam legte, sprach der Geronimo: »Also, bei aller Liebe, mei liebes Fräulein Rosenkohlprinzessin, aber bevor Du hier noch so een vom Stapel lässt, muss ich hier erscht ma #allesdichtmachen!«

75

Und mit einem lauten Rungs warf er die Türe zu und kroch, wie er es bei der freiwilligen Feuerwehr gelernt hatte, unter den giftigen Gasen hindurch und über die Auslegeware, um ein rettendes Fenster im Hinterhaus zu erreichen. Bald jedoch sank er bewusstlos dahin.

Seine Mutter, die soeben ihre 24-stündige Sitzung beendet hatte, trat aus dem Lokus, rümpfte den riesigen, runzligen Riechkolben und sprach: »Das war ich aber ne! Nur damit das nich' falsch in die Geschichtsbücher eingeht!«

Auf dem Weg durch die gute Stube stolperte sie über ihren bewusstlosen Sohn und fiel durch das geschlossene Wohnzimmerfenster in den Garten, wo sie zwischen zahlreichen betäubten Amseln, Meisen und Rotkehlchen liegen blieb.

Als die beiden nach sieben Tagen und sieben Nächten wieder zu sich gekommen waren sprach die Mutter zu ihrem Geronimo: »Das war ja wohl nüscht. Und das war ooch bestimmt keene echte Prinzessin. Denn wenn echte Prinzessinnen pupsen, dann riecht's normalerweise nach Marzipan!«

»Danke, Muddi! Wieder was gelernt!«, sagte Geronimo dankbar.

»Aber so wie das hier aussieht, müssen mir erscht ma klar Schiff machen!«, fuhr die Mutter fort. »Ich wasch de Gardinen, und Du könntest ma' die Haustiere wiederbeleben und vor allem die verwelkten Topfpflanzen auf'n Kompost schmeßen. Hopp, hopp, hopp, Geronimo, sonst kriegst Du nie Deine Prinzessin!«

Der Geronimo tat wie ihm geheißen, füllte frisches Flugbenzin in die Kanarienvögel, trat liebevoll gegen den Hund, der sich noch immer nicht rührte und wechselte schließlich seine Batterien, so dass er wieder fröhlich mit der Antenne wedelte.

Schließlich machte er sich mit einem großen Plastebeutel voll brauner Zimmerpflanzen auf den Weg zu dem Komposthaufen hinter dem Haus.

Und als er gerade den Müllsack über den Zaun zum Nachbarn hinüberwerfen wollte, ertönte eine Stimme, die war so lieblich wie der zarteste Gesang der schönsten Nachtigall im gesamten sächsischen Märchenwald: »Haaaaaallllloooooo! Na, was seh' ich denn da? Du bist ja 'ne leckere Bulette!«

Der Geronimo ließ vor Schreck den Sack fallen und fragte: »Hä? Wer bist Du denn?«

»Ich bin die Ulrike Potkowski, ich bin die Kugelprinzessin vom sächsischen Märchenwaldverband für unverheiratete Kugelstoßerinnen. Wir ham bei Tinder e' Match – ich suche den Mann fürs Leben – nimm mich, so lange ich noch heiß bin!«

Die Ulrike Potkowski war zweieinhalb Klafter groß und ebenso breit und tief. Der Geronimo hatte jedoch ein weitaus zierlicheres Bild von echten Prinzessinnen.

Also sagte er misstrauisch: »Du kannst mir viel erzählen, aber nie im Leben bist Du 'ne echte Prinzessin! Sächsischer Märchenwaldverband für unverheiratete Kugelstoßerinnen?! Nie gehört! Woher soll ich wissen, ob Du mich nich' einfach vergaggeierst!«

»Ach, halt doch einfach die Waffel und hol Deine

Mutter!«, sagte da die Kugelprinzessin Ulrike Potkowski streng, und weil der Geronimo gelernt hatte, Frauen sicherheitshalber zu gehorchen, tat er, wie sie ihm geheißen hatte.

Als die Mutter Schlüsselbrett ihre potentielle Schwiegertochter erblickte, raunte sie ihrem Sohn zu: »Die nimmste, die is' formschön und kompakt, die gefällt mir!«

»Ich weeß aber nich', ob das ooch wirklich 'ne richtige Prinzessin is!«, gab der Geronimo zu Bedenken »Von der Stimme her tät ich sagen, das is' eigentlich e' Prinz.«

»Papperlapapp! Gugge Dich ma' an! Du kannst froh sein, wenn Du überhaupt eine kriegst, die man nich' alle zwee Wochen an der Tankstelle aufpumpen muss! Und ob die Ulrike 'ne richtige Prinzessin is', das kriegen wir heute Nacht raus! Ich hab' nämlich noch ein Prinzessinnen-Schnelltest-Kit vom Prinzessologen Hans Christian Andersen in der Garage!«

Also luden die beiden die Kugelstoßprinzessin Ulrike Potkowski auf den Gabelstapler und brachten sie durch den Liefereingang ins Haus. Dann ging die Mutter in die Garage, um das Prinzessinnen-Schnelltest-Kit zu holen. Dabei sollte ihr der Geronimo helfen, denn der Prinzessinnen-Schnelltest bestand aus zwanzig Matratzen und einer Erbse. Doch neunzehn der zwanzig Matratzen waren leider verschwunden. Drei hatte der Geronimo für sein Baumhaus gebraucht, etwa zehn waren einem Wasserschaden zum Opfer gefallen und den Rest hatten vermutlich einfach die Motten gefressen.

Die beiden wuchteten also die übrig gebliebene Matratze auf das Bett der Ulrike.

»So!«, sprach die Mutter. „Eigentlich besteht der Prinzessinnentest darin, dass mor durch zwanzig Matratzen 'ne Erbse spürt. Aber ich meene, bei so 'ner kleinen Erbse! Da reicht ooch ma' nur eene Matratze! Wennse die Erbse trotzdem spürt, isse garantiert 'ne echte Prinzessin!«

Schließlich entnahm die Mutter dem Testkit einen kleinen Beutel, öffnete ihn und sprach: »So eine Scheiße mit dor Scheiße! Zweehundort Puls hab ich balde, dooo! Wo is'n die Scheiß-Erbse?«

»Oh!«, sagte da der Geronimo ganz verlegen. »Das tut mir leid Mutti, aber ich hatte gestern so 'n großen Hunger, da hab' ich mir aus der Erbse 'n ganz kleines Erbsenpüree gemacht!«

Da rief die Mutter: »Du Doofkopp! Warum hab' ich Dich nich' an der Autobahnraststätte ausgesetzt, als es noch ging? Das hab' ich nu' davon! Dann müssen wir jetzt ehmd improvisieren! Geh ma' an' Kühlschrank und suche irgendwas Erbsenähnliches!«

Nach einiger Zeit rief der Geronimo aus der Küche: »Außer 'ner halben Dose gezuckerter Kondensmilch von vor Weihnachten und 'ner tiefgekühlten, polnischen Hafermastgans Güteklasse zwei in Originalverpackung ham mir nüscht mehr!«

»Dann bringe die Gans!«, keifte die Mutter zurück. »Ich hab zwar die Gebrauchsanleitung vom Prinzessinnen Test nich' so genau gelesen, aber die Gans wird schon ooch geh'n!«

Nun schoben die beiden die tiefgekühlte, polnische Hafermastgans Güteklasse zwei in Originalverpackung unter die Matratze. Dann wünschten Sie der Kugelstoßerinnenprinzessin eine gute Nacht und gingen zu Bette.

Die Ulrike Potkowski aber, die vom vielen Nacktrodeln in Oberwiesenthal-Herzegowina eine zentimeterdicke Hornhaut den ganzen Rücken runter hatte, legte sich auf die deutliche Beule in der Mitte des Bettes und begann zu schnarchen wie ein Sachbearbeiter nach dem Mittagstisch. Die Haut der Ulrike war so ledrig, dass sie selbst in einem Schotterbett oder auf einem Rudel Igel gut hätte schlafen können. Doch mitten in der Nacht wachte sie trotzdem auf, weil ihr borstiges Hinterteil nun die Temperatur der tiefgefrorenen Gans angenommen hatte.

Als die Mutter Schlüsselbrett am nächsten Morgen fragte: »Na, wie hammer denn geschlafen?«, antwortete die Ulrike Potkowski: »Was für 'ne schreckliche Nacht! Mir war, als hätte ich auf 'ner tiefgekühlten, polnischen Hafermastgans Güteklasse 2 in Originalverpackung geschlafen. Ich hatte viellei' 'n kalten Hintern! Junge, Junge, Junge!«

Da rief die Mutter: »Hurra, Geronimo! Der Prinzessinnen-Test is' positiv! Die heiratste! Aber zackich!«

Doch der Geronimo hatte noch Bedenken: »Ich weeß ja nich'. Das is' doch 'ne komische Prinzessin. Damenbart 'n ganzen Rücken runter und Schuhgröße Tretboot! Und eigentlich sind Prinzessinnen doch immer ganz zierlich und werfen keen Schatten, wie 'n Kettenbagger! Sachema, kann das manchema sein, dass so e' Prinzessinnen Test ooch ma' falsch positiv is'?«

Da antwortete die Mutter: »Das is doch die reinste Wissenschaftsleugnung, was Du hier machst! In der Anleitung steht, wer durch die Matratze was spürt, is' auch 'ne Prinzessin.«

Da fügte sich der Geronimo Schlüsselbrett in sein Schicksal und heiratete die Kugelstoßerin Ulrike Potkowski, die in Wahrheit tatsächlich keine Prinzessin war, sondern ein verwunschener Kettenbagger.

Und sie lebten glücklich und zufrieden, bis bei der Ulrike der Diesel alle war.

Die zertanzten Flip-Flops

Es war einmal der König Bruno Blumenkohl, der Gedünstete. Der lebte glücklich und zufrieden in seinem prächtigen Bungalow am Rande des sächsischen Märchenwaldes mit seiner liebreizenden Frau Igitte Blumenkohl.

Eines Abends saßen sie auf der edelsteinverzierten Couch des Königs in der Thronstube, da sprach die Igitte: »Also die ganzen Diamanten im Altschliff tun aber ganz schön weh am Hintern! Könn' wir nich' ma' was anderes machen, als dauernd auf der blöden, alten, durchgesessenen, durchgefurzten Edelsteincouch ze hocken?«

»Ja!«, sprach da der König Blumenkohl. »Wie wär's, wenn Du ma' Kinder kriegst? Das wäre doch mal 'ne Abwechslung vom Regierungsalltag auf der Couch!«

Da besann sich die Igitte Blumenkohl und gebar ihrem Bruno an Ort und Stelle Zwölflinge.

»Danke!«, sagte König Bruno und blickte ein wenig ratlos auf den unordentlichen Haufen Säuglinge. »Manchema übertreibst Du's aber ooch.«

Die zwölf Mädchen von der Anna bis zur Zara wuchsen heran und wurden prächtige, mops- und pickelgesichtige Teenager, die sich miteinander ein Bravo-

83

Abo teilten. Sie schliefen zusammen in sechs Doppelstockbetten in ihrem Kinderzimmer, und abends, wenn sie darin lagen, schloss der König die Tür zu und verschluckte den Schlüssel.

Wenn er morgens die zwölf Prinzessinnen liebevoll mit dem Ruf weckte: »Aufsteh'n, Ihr Plinsen! Kinderzimmer is' keene Wärmstube!«, da sah er, dass ihre zwölf Paar Flip-Flops ganz zertanzt waren, und niemand wusste, wie das zugegangen war.

Da rief der König Blumenkohl beim Privaten Märchenrundfunk an und wurde zur beliebtesten Moderatorin des sächsischen Märchenwalds, Steffi Lokus, in die »Steffi Lokus Show« durchgestellt.

Und der König sprach: »So 'ne Scheiße mit der Scheiße! Zweehundort Puls hab ich baldé, dooo! Jeden Tag brauchen meine Töchter zwölf Paar neue Flip-Flops! Ich hab schon drei KIK-Filialen leergekauft! Ich möchte ma' wissen, wo die Blagen immer nachts tanzen geh'n! Wer mir das sagen kann, der kann ooch eene heiraten, von mir aus ooch mehrere. Töchter hab ich nu' wirklich genug. Der eenzsche Haken bei der Sache: Wer's nich rauskriegt, wo die sich rumtreiben, der kann sein Kopp in Zukunft unterm Arm tragen!«

Da sprach die Steffi Lokus: »Das war unser König Blumi und der braucht Eure Hilfe, sonst werdet Ihr alle geköpft! Und jetzt kommt Märchenpop vom Feinsten! Gleich auf Platz Eins eingestiegen: ›Der Wolf and the seven Geißlein‹ mit ihrem neusten Hit: ›Ich hab Dich zum Fressen gern!‹«

Da riefen viele Märchenwaldbewohner im Königs-bungalow an und gaben Erziehungstipps. Die sieben schwer erziehbaren Zwerge erkundigten sich sieben Mal, ob die Mädchen auch scheckheftgepflegt seien. Schließlich meldete sich Prinz Rolf, den alle nur den Prinzenrolle nannten, und bot sich an, die nächtli-chen Tanzvergnügen operativ aufzuklären.

Abends schlief er bei den Prinzessinnen im Kinder-zimmer und sollte acht haben, wo sie hingingen und tanzten. Die listigen Mädchen schalteten aber den Fernseher ein, wo gerade ein Tatort mit Jan Josef Lie-ferdienst lief. Da fiel's dem Prinzenrolle wie Blei auf die Augen und er schlief ein, und als er am Morgen aufwachte, waren alle zwölfe wieder in der Märchen-walddisko zum Tanz gewesen, denn ihre Flip-Flops standen da und hatten alle Löcher wie Schweizer Käse und auch den entsprechenden Duft.

Den zweiten und dritten Abend ging's nicht an-ders, und weil er nicht sagen konnte, wo die Mädchen getanzt hatten, da ward er unbarmherzig zum Henker gebracht. Der hochsensible Henker Henk Henkel, der gerade mit einer Zuckerlösung eine hilflose Hummel vor dem Hungertode rettete, erblasste und sprach: »Or nee, nich' schon wieder 'ne Hinrichtung, das gibt doch kee gutes Karma …«

Da bekam der Prinzenrolle Mitleid mit dem Hen-ker Henk Henkel und sprach: »Ach komm, weeßte was, ich mach's selber, gibbe her das Beil!«

Und als er am nächsten Tage auf Arbeit erschien, da lachten seine Kollegen, denn er trug seinen Kopf unterm Arm. Und seine Kolleginnen fanden, er starre ihnen jetzt immer so in den Ausschnitt.

Es kamen hernach noch viele und meldeten sich zu dem Wagestück, sie mussten aber alle für den Rest ihrer Tage mit dem Kopf unterm Arm zur Arbeit gehen.

Nun trug sich's zu, dass der langzeitarbeitslose Prinz Rocco Schmalbrust auf dem Weg zu seinem Zauberpilzhändler war, weil ihm der Alltag ohne Zauber ein wenig trist wurde.

»Du schon widdor?«, sprach da der Zauberpilzhändler Giacomo Champignon. »Du warst doch gestern erscht da? Such Dir lieber mal 'ne Freundin, Du Vochel!«

Da sagte der Prinz Rocco Schmalbrust: »Danke für Deine lieben Worte! Aber um mich brauchste Dir keene Sorgen ze machen. Ich mache nämlich mit bei der Prinzessinnen-Challenge von König Bruno Blumenkohl dem Gedünsteten! Weil: Weibern hinnorherloofen – das kann ich!«

Da erwiderte der Giacomo Champignon: »Drei Straßenverkäufer aus meinem Zauberpilzimperium wackeln jetzt schon mitm Kopp unterm Arm durch die Gegend! Lass uns ma' lieber schnell ›Lifehack‹ und ›Prinzessinnenchallenge‹ googeln!«

Ein wenig Gedaddel auf seinem hölzernen Handy später sagte er: »Hier is' der Lifehack für die Prinzessinnenchallenge! Du darfst auf keinen Fall den Tatort mit 'n Jan Josef Lieferdienst guggen! Sonst schläfst Du garantiert ein! Du musst Dir auf jeden Fall was in die

86

Ohren stopfen! Hier! Hast Du ein Sträußchen Petersilie!«

»Für Ohropax hat's wo nich' gereicht, oder was?«, sagte Prinz Rocco dankbar und machte sich auf den weiten, beschwerlichen Weg zum Königsbungalow, der Gott sei Dank nur eine Hausnummer weiter war.

Er ward so gut aufgenommen wie die andern auch, und es wurde ihm ein königlicher Jogginganzug aus goldenem Polyester angetan. Abends zur Schlafenszeit ward er in das Kinderzimmer geführt, und als er zu Bette gehen wollte, kam die älteste und schaltete listig den Fernseher ein.

»Hier, mei' Guter!«, sprach sie zum Prinz Rocco, »hast Du e' Glück, ausgerechnet heute kommt e' Tatort mit'n Jan Josef Lieferdienst, gucke Dir das an, da weeßte ooch glei', wo Deine Gebühren hingehen!«

Da legte er sich hin, steckte sich die Petersilie in die Ohren, zog sich die Bettdecke über den Kopf und sang in Gedanken immerfort »Ding Dong, die Hex' is' tot, Ding Dong, die Hex' is' tot« – so dass er trotz Tatort wach blieb.

Als die zwölf Königstöchter sahen, dass der Prinz Rocco sich nicht regte, glaubten sie, dass auch er eingeschlafen war, standen auf, öffneten Schränke, Kisten und Kasten, und holten ihre prächtigsten Spaghettiträgertops heraus. Vor dem erleuchteten Spiegel trugen sie Mascara und Mascarpone auf und fragten freudig erregt:

»Spieglein, Spieglein an der Wand,
wer sind die zwölf schönsten ...«

87

Doch weiter kamen sie nicht, denn der Spiegel antwortete:

»Wie oft soll ich Euch das denn noch sagen?
Falsches Märchen! Und nu ab in de Disko
mit Euch, hopp, hopp!«

Da riefen sie sich eine Stretch-Kutsche und verschwanden eine nach der anderen unbemerkt durch die Katzenklappe. Als sie alle Selfies von sich und der Kutsche gemacht hatten und eingestiegen waren, da huschte Prinz Rocco Schmalbrust unter der Bettdecke hervor, blieb nur kurz in der Katzenklappe stecken und sprang im letzten Moment auf den Dachgepäckträger der Stretch-Kutsche.

Ei, liebe Kinder, war das eine wilde Fahrt, vorbei am Märchenwaldheizkraftwerk, an der Kinderriegelfabrik der Knusperhexe bis zur Märchenwalddisko »Absturz Number One«.

»Huäää …«, sprach Prinz Rocco Schmalbrust, immer wenn es mit einem Affenzahn um die Kurven ging und er wie ein blauer Wimpel im Sommerwind von links nach rechts geschleudert wurde.

Die Jüngste, ängstlichste Prinzessin sprach: »Also nee, das klingt ja wie 'n Grindnischel auf'm Dachgepäcktäger!«

Doch die Älteste winkte ab: »Ach wo, das kommt aus der Disko, das is' die neue Single vom David Guetta!«

Als sie im Club »Absturz Number One« angekommen waren, rannten sie alle schnell hinein, und Prinz

Rocco folgte ihnen auf Zehenspitzen schleichend. Da er aber schwere Holzpantoffeln trug, und sehr viele kleine Trippelschritte machen musste, so klapperte er wie eine sechsspännige Kutsche hinter den Prinzessinnen her.

Die Jüngste sagte: »Hört Ihr das? Das klingt doch, wie 'n Dicknischel in Holzlatschen auf Zehenspitzen?«

»Ach wo!«, erwiderte die Älteste »Da hackt wahrscheinlich bloß eener Heizöl.«

Die ganze Nacht tanzten die Zwölflinge wie Wassertropfen auf einer heißen Herdplatte, ließen die Kuh fliegen und die Luzie abgehen, das Schwein pfeifen, den Hamster bohnern, den Hund in der Pfanne verrückt werden, bis sie, geschwind wie Schmidts Katze, die Tanzfläche räumten, damit der Papst im Kettenhemd ungestört steppen konnte.

Als in den frühen Morgenstunden ihre Flip-Flops in Fetzen hingen, wie die Kelly Family am irischen Nationalfeiertag, da waren die Mädchen vom Tanzen müde, setzten sich in die Stretch-Kutsche und befahlen dem Kutscheur, sie nach Hause zu bringen.

Doch weil Prinz Rocco Schmalbrust noch immer in jedem Ohr ein halbes Sträußlein Petersilie hatte, bekam er den Aufruf zur Abfahrt nicht mit.

Als die Prinzessinnen nach Hause kamen, da fanden sie das Bett ihres Bewachers leer und es begann ein großes Heulen und Zähneklappern.

»Or neje!«, rief die Älteste. »Der Drecksack verpetzt uns!«

»Wir sind am Arsch, Mädels!«, rief die Jüngste. »Ich hab's doch die ganze Zeit gesagt, aber Ihr wolltet ja nicht hören!«

»Ach, halt doch die Klappe! Niemand mag Klugscheißer!«, riefen ihre elf Schwestern im Chor.

Als die zwölf Königstöchter mit ihrem Vater längst beim Frühstück um eine Schüssel tote Oma saßen, kam auf einmal der Prinz Rocco zur Türe herein und rief: »Tschuldigung, ich hab' die Stretchkutsche verpasst!«

»Schrei doch nich' so!«, sprach König Blumenkohl der Gedünstete. »Vielleicht nimmst Du erst ma' die Petersilie aus 'n Ohren! Und dann machste das nochmal!«

Da zog der Rocco die Petersiliensträußchen mit einem leisen Plopp aus seinen abstehenden Ohren und wiederholte in normaler Lautstärke: »Tschuldigung, ich hab' die Stretchkutsche verpasst!«

»Was? Stretchkutsche? Ich hör wo' ne rischdsch?«, rief König Blumenkohl erregt. »Kannst Du das bitte noch mal laut sagen?«

Da antwortete der Rocco: »Also verarschen kann ich mich selber! Kann ich vielleicht erstma' 'n Löffel Rührei haben?«

»Ich geb Dir glei' Rührei am Kopp!«, polterte König Blumenkohl der ehemals Gedünstete und mittlerweile Kochende: »Augenblicklich verrätst Du mir, wo meine Töchter heute Nacht war'n!«

Da überlegte der Rocco nicht lange und sprach: »Das sag ich nich'!«

»So?«, tobte König Bruno Blumenkohl der nunmehr Angebrannte. »Dann verurteile ich Dich hiermit dazu, in Zukunft mit dem Kopp unterm Arm zur Arbeit zu gehen!«

»Mir wär's wurscht!«, sagte da der Rocco Schmalbrust fröhlich. »Ich hab ja gar keene Arbeit!«

Aber dann wäre das Märchen beinahe gar nicht zu Ende gegangen, weil der hochsensible Henker Henk Henkel mal wieder Angst vor dem Richtbeil hatte. Doch schließlich ließ er sich überreden, die Laubsäge zu benutzen.

Prinz Rocco dankte dem guten Henkersmann für seine nicht immer leichte Arbeit. Und obwohl der Rocco mit dem Kopf unterm Arm zahlreiche, lukrative Jobangebote von der sächsischen Märchenwaldgeisterbahngesellschaft bekam, nahm er keine Stelle an, sondern ging lieber bis ans Ende seiner Tage jeden Abend mit den zwölf schönen Königstöchtern tanzen.

Von einem, der sich auszog das Fürchten zu lernen

Es war einmal im sächsischen Märchenwald, da lebte der Schiffschaukelbremser Walter Wackelbein, der hatte zwei Söhne, den Igor und den Torsten Wackelbein. Davon war der älteste dämlich und folgsam. Der jüngste aber war ebenfalls dämlich, aber noch dazu aufsässig, und wenn ihn die Leute sahen, sprachen sie: »Or neje. Der schon widdor!«

Weil der Jüngere zu nichts zu gebrauchen war, musste der Älteste alle Arbeit tun. Wenn der Vater ihn nächtens zum Bier holen zur Spätverkaufstelle im sozial benachteiligten Wohngebiet am Rande des Märchenwalds schickte oder an sonst einen schaurigen Ort, so sprach der Igor: »Kann das nich' mei' dämlicher Bruder machen? Im sozial benachteiligten Wohngebiet am Rande des Märchenwalds lungern immer die braunen Häslein an der Tischtennisplatte rum, da krieg ich ja schneller eine aufs Maul als der Axel Schulz!« So sehr fürchtete er sich.

Oder wenn abends am Grill Schauergeschichten von Veganern und ihrem Grillgemüse erzählt wurden, dann klapperte er mit den Zähnen wie die Kastagnetten einer sibirischen Flamencotänzerin nach der dritten Kanne Bohnenkaffee. Und wenn die vegetarischen Schauergeschichten zu Ende waren, da saß der Igor Wackelbein verschämt in einem Pfützchen blauer Ersatzflüssigkeit.

Sein Bruder Torsten Wackelbein aber hockte daneben und zuckte nur mit den Schultern: »Ich hab' doch keene Angst vor gegrillten Möhrchen! Die hau ich weg und greife zu 'n Steak! Also was soll's? Mir gruselt vor nüscht! Dabei wüsste ich so gerne ma', wie sich das anfühlt!.«

Da rief der Vater Wackelbein seinen alten Kumpel, den Geisterbahnbetreiber Schocko Ramoni an und sprach: »Sachma, Schocko, alte Wurschthaut, kannst Du nich' manchema mein Dschungen, den Torsten, das Gruseln beibringen? Der fürchtet sich vor nix, da hab' ich Angst, dass der irgendwann mit'm Streichholz nachguckt, ob noch Benzin im Tank is'! Bringe dem das Fürchten bei! Ich meene, wenns eener kann, dann Du, mit Deiner albernen, bescheuerten Geisterbahn!«

»Klar!«, sprach da der Schocko Ramoni. »Bringe den bei Vollmond her, dem jag ich 'n Schrecken ein, dass er auf'm Bau als Rüttelplatte anfangen kann! Und packe dem Wechselwäsche ein! Der braucht danach garantiert 'n frischen Schlübber!«

Beim nächsten Vollmond brachte Vater Wackelbein den Torsten zur prächtigen Geisterbahn auf dem Märchenwaldrummelplatz.

»Hier haste 'n Lappen!«, sprach der Geisterbahnschaffner Schocko Ramoni zum Torsten Wackelbein »Du gehst jetzt in die Geisterbahn und wischst Staub! Hopp, hopp, hopp!«

Der Torsten tat wie ihm geheißen, doch kaum hatte er die mit Flammen und Totenköpfen dekorierte Doppelschwingtüre passiert, durch die normalerweise der Geisterbahnwagen krachte, da fand er sich in völliger Dunkelheit wieder. Plötzlich zuckte ein Blitz durch die Dunkelheit, so dass er schemenhaft ein riesiges Skelett sah, dass von der Decke auf ihn herabzustürzen drohte. Dazu erklang schauerliche Musik von den Flippers. Spätestens jetzt hätte jeder Märchenwaldbewohner Reißaus genommen, nicht aber der gruselresistente Torsten Wackelbein.

Und so versetzte er dem Skelett einen gewaltigen Tritt, so dass es in tausend Teile zersprang und er rief: »Hasta la Vista, Du Vochel!«

Kaum hatte er sich in der Dunkelheit weiter vorgetastet, wurde er von einer gewaltigen Tarantel aus Pappmachee angegriffen! Doch weil der Torsten gerade sein Feuerzeug herausgeholt hatte, um sich ein wenig Licht zu machen, ging die riesige Spinne kreischend in Flammen auf.

Währenddessen saß Geisterbahnbetreiber Schocko Ramoni bei einem Kamillentee in seinem Schaustellerwohnwagen, rümpfte den riesigen, runzligen Riechzinken und sprach: »Komisch ... schnüff ... schnüff ... Irgendwie riecht's hier nach brennender Tarantel!«

Da sah er, dass aus allen Kerkerfenstern der Geisterbahn dicker Rauch quoll und er hörte, dass jemand in ihrem Inneren Kleinholz aus seinen liebevoll gestalteten Gipsgespenstern machte.

»Sofort aufhören!«, schrie er, und kämpfte sich

durch den Rauch bis zu der Stelle, wo er den Torsten vermutete, wo aber jetzt nur noch ein spinnenförmiges, verkokeltes Drahtgestell hing.

Weil aber Schocko Ramonis Gesicht vom Ruß so schwarz geworden war, dachte der Torsten Wackelbein nicht weniger, als dass er ein albernes Gespenst vergessen hatte und verabreichte ihm umgehend eine All-you-can-eat-Portion Geisterkeile.

Als der Schocko Ramoni aus seiner tiefen Ohnmacht erwachte, war die Geisterbahn bis auf die Grundfesten abgebrannt. Er holte sein Handy heraus, um die Märchenwaldfeuerwehr zu fragen, ob man da noch was machen könne.

»Nö«, sagten die guten Feuerwehrleute und zuckten mit ihren uniformierten Schultern. »Außerdem ham mir sowieso keine Zeit, wir holen nämlich grade die dreibeinige, einäugige, buckelige Katze von der Knusperhexe aus'm Baum. Möcht nich' wissen, wie die da überhaupt hochgekommen is' ...«

Da könnt Ihr Euch vorstellen, liebe Kinder, wie der nun arbeitslose, ehemalige Geisterbahnbetreiber Schocko Ramoni da getobt hat! Und er jagte den Torsten vom Hof, warf ihm ein paar alte Gipsknochen hinterher und verpetzte ihn bei seinem Vater.

Da nahm der Vater seinen Jungen beiseite und sprach: »Mei' lieber Torsten, ich gloobe, in Deinem Fall hat die antiautoritäre Erziehung wirklich voll versagt! Ich hätt' Dir doch öfter ma' 'ne Tracht Prügel verabreichen sollen, statt Dich für teuer Geld in die Märchenwaldorfschule ze schicken. Gut. Niemand tanzt unseren Familiennamen Wackelbein so schön wie Du, aber, ma' ehrlich: Bis alle in Schulbus eingestiegen sin, liegst Du doch schon drunter. Und wegen Dir muss jetzt meine Haftpflicht die ganze beknackte Geisterbahn bezahlen! Hier haste 50 Taler, mache, dass De fortkommst, und sache bloß keem, wo De herkommst und dass ich Dei' Vater bin. Mor muss sich ja schämen!«

Da machte sich der Torsten fröhlich und im Hopserlauf auf den Weg in die große, weite, sächsische Märchenwelt. Und weil er ja sowieso nicht anders konnte, fürchtete er sich nicht.

Schon bald kam er vor einen gigantischen edelsteinverzierten Palast, an dem ein Schild aus purem Gold prangte: »Märchenwaldfinanzamt«

Auf den Stufen saß, vor Kummer in sich zusammengesunken, ein kleiner, dicker Currywurst-König.

Und King Curry der Lauwarme sprach zum Torsten: »Hiergeblieben, Du Trottel! Auf so een wie Dich hab' ich gewartet!«

»Auf mich?«, fragte der Torsten erstaunt.

»Na klar!«, antwortete King Curry. »Oder siehst Du hier noch 'n anderen Trottel? Hast Du manchema Lust, 'ne Prinzessin ze heiraten?«

»Ei!«, sprach der Torsten. »Freilich! 'ne Prinzessin is' besser, als in die hohle Hand geschissen! Aber da is' doch bestimmt 'n Haken an der Sache?«

»Folschender Sachverhalt!«, sprach da der King

Curry. »Ich bin ein leidenschaftlicher Steuerzahler! Aber das Finanzamt kommt einfach nich zu Potte mit meinem Steuerbescheid! Wer es schafft, meinen Bescheid dort rauszuholen, dem gebe ich mein Königreich und mein halbes Töchterlein! Die Prinzessin Asiette ist so schön wie eine gerade Rasenkante in der Gartensparte und so lieblich wie ein morgendliches Grauen! Und ich kann mich dann endlich wieder dem Vergnügen des Steuerzahlens hingeben!«

Da sprach der Torsten: »Also, wenn's weiter nüscht is', ich fürchte mich vor gar nüscht! Aber ich habe gehört, dass das Finanzamt schon viele das Gruseln gelehrt hat, nu, viellei' klappt's ja auch bei mir!«

King Curry holte sein Schweizer Offiziersmesser aus der Tasche und schnitzte eine weitere Kerbe in sein Zepter, auf dem schon fast kein Platz mehr war. »Machs gut, Du Trottel!«

Kaum war die meterhohe Eichentür hinter dem Torsten krachend ins Schloß gefallen, da schlurfte ihm ein grauer, staubiger Zombie entgegen und sprach: »Mir ham schon zu!«

Durch die labyrinthartigen Gänge des verschachtelten Gebäudes wankten blutarme Gestalten, die im Gehen, ohne es zu merken, blattweise die Akten verloren, die sie unter dem Arm trugen. Manchmal seufzten sie entmenscht, dann wieder lachte an anderer Stelle einer irre auf, weil ihm ein endlos komplizierter Grund eingefallen war, eine Sonderabschreibung abzulehnen. Einer von ihnen hatte eine Rumpfbeuge vorwärts in den Kopierer gemacht und bewegte sich nicht mehr, während aus dem Kopierer stapelweise Kopien seines plattgedrückten Sachbe-arbeitergesichts rauschten. Zwei weitere graue Männ-chen hatten ihre Krawatten aneinander getackert und tanzten wie die Derwische kreisend und »Hey, Baby!« singend durch die Schalterhalle.

»Genau so hab' ich mir's Finanzamt von innen im-mer vorgestellt!«, sprach der Torsten. »Alle ma' her-hörn! Rückt sofort den Einkommenssteuerbescheid vom König King Curry raus! Der hat so lange keene Steuern mehr bezahlt, der is' schon auf Entzug.«

Doch weil niemand antwortete, machte sich der Torsten allein auf die Suche. Er durchschritt die Gän-ge aus purem Gold und kam schließlich, am Ende des Ganges, neben der defekten Toilette, an eine ab-geschabte halbhohe Türe, auf der geschrieben stand: »Wartezimmer für Steuerzahler«

Darinnen saßen zahlreiche staubige Skelette, die die gezogenen Wartenummern noch mit den kno-chigen Händen umklammert hielten. Der Torsten aber erschrak nicht einmal, sondern sprach: »Selber schuld, wenn man sich mitm Finanzamt einlässt.«

Und er öffnete ein Fenster, damit sich die Kno-chengerüste ein wenig Frischluft durch die Rippen wehen lassen konnten.

Als er an eine weitere Türe kam, da hörte er da-hinter die absonderlichsten Geräusche. Erst war ihm, als hörte er das drohende Knurren eines tollwütigen tasmanischen Teufels beim Krallenschneiden mit der Bastelschere, dann vernahm er ein gefährliches Zischen, wie von tausend giftigen Riesennattern, dann hörte er das heisere Gieren und Sabbern eines astronautenvertilgenden Aliens. Da sprach der Torsten Wackelbein: »Also ich fürcht mich zwar nich', aber lebensmüde bin ich auch nich'. Ich geh lieber noch 'ne Türe weiter!«

Als er durch den Gang zur nächsten Türe ging, da sah er im Regal seine Steuerakte stehen. Er nahm sie an sich und dachte: „Wer weiß, wozu die nochmal gut is'!«

Kaum hatte er die Tür zum nächsten Raum aufgetan, da baute sich eine gewaltige Bestie vor ihm auf. Und die Bestie sprach: »Ich bin der böse Reißwolf! Was störst Du mich in meinem Aktenvernichterzimmer?«

Und der mächtige Aktenfresser riss sein gieriges Reißwolfsmaul auf und kam mit seinen zwei blitzblanken, rasend rotierenden Schredderwalzen bedrohlich nahe ans Gesicht des Torsten heran.

»Du hast da bissel Rost am Backenzahn!«, sprach der Torsten keck. »Aber ich hab' hier was für'n frischen Atem! Nimm das!«

Und er stopfte ihm den Aktenordner mit seinen Steuerschulden in den Rachen. Die mächtigen Chrom-Beißer des bösen Reißwolfs fraßen sich durch die Unterlagen, bis sein malmender Biss mit lautem Krachen am metallenen Innenleben des Ordners zum Stillstand kam und sich unlösbar verkeilte. Der böse Reißwolf sprang vor Verzweiflung auf und nieder, bis er aus Versehen seinen Stecker aus der Steckdose zog. Dann sank er funktionslos dahin.

Da erblickte der Torsten den Steuerbescheid von King Curry, der ganz oben auf einem Stapel noch zu schreddernder Akten lag. Den griff er sich und rannte zu seinem König, so schnell ihn seine Tennissocken trugen. Er trat vor ihre Majestät und sprach: »Also, fürchten hab' ich nicht gelernt, aber hier is' Ihr Steuerbescheid!«

»Hurra! Endlich wieder Steuer bezahlen! Danke, Du guter Junge!«, jubilierte der König.

Doch dann erblickte er die Gesamtsumme und sprach: »So eine Scheiße mit der Scheiße! Ich krich 'ne Erstattung? Zweehundort Puls hab' ich balde, doooo! Anzeige ans Verwaltungsgericht is' raus! Wegen entgangener Freuden!«

Doch dann besann sich King Curry auf sein Versprechen und vermählte seine Tochter Asiette Curry mit dem Torsten Wackelbein.

Und als der Torsten in der Hochzeitsnacht furchtlos zu seinem angetrauten Weibe ins Bett steigen wollte, da sprach die Asiette: »Sachema, Du bist wo' vom Keuschheitsverein, oder was!? Mit Socken und langer Unterhose kommst Du mir nich' ins Bett! Ausziehen, aber fix!«

Und so zog der Bräutigam alles aus, was er am hageren Leibe trug und legte sich zur Asiette ins Bette.

»Na endlich!«, sprach die Asiette – und nur eine Nanosekunde später schob sie ihre eisgekühlten Quadratlatschen unter die Bettdecke ihres Gemahls, um sich an ihm zu wärmen.

Als der Torsten die Eisbeine seiner Frau am Leibe spürte, da stand er plötzlich kerzengerade im Bett und rief: »Buääää! Was war denn das! Mich gruselt!

Tatsächlich! Mich gruselt! Endlich weiß ich, wie gruseln geht!«

Und so hatte sich der Torsten Wackelbein ausgezogen, um das Fürchten zu lernen. Und die Füße seiner Frau hatten immer exakt 7 Grad Celsius. Denn bei dieser Temperatur hält Limburger am längsten.

Der Teufel
mit den drei goldenen Nasenhaaren

Es war einmal eine arme, alte Frau, deren Namen heute keiner mehr kennt, die gebar eines Sonntags aus Versehen ein Söhnlein. Und weil es ein Näslein hatte wie ein rosa Glücksschweinchen aus purem Marzipan und sein erster Atemzug wie ein süßes Grunzen klang, so ward dem Kinde geweissagt, es werde im vierzehnten Jahr die Tochter des Königs zur Frau haben. Da nannte die alte Frau, deren Namen heute keiner mehr kennt, ihren Sohn liebevoll Schnitzel-Schorsch und hatte ihn gern, wie eine Mutter im Wohngebiet »Fritz Heckert«.

Es trug sich zu, dass der König bald darauf als italienischer Klempner verkleidet ins Dorf kam, und als er die Leute fragte, was es Neues gäbe, so antworteten sie: »Gut, dass Sie fragen, Fremder! Vorne in der Dorfstraße 12, da hat die Frau, deren Namen heute keiner mehr kennt, ein rosa Glückskind mit Schweinenase geboren. Aber es kommt noch besser: Unsere Hellseherin mit Balkanhintergrund hat dem Kleenen geweissagt, wenn der ma' vierzehn is', dann heiratet der dem hässlichen König seine schöne Tochter.«

Der König, der ein böses Herz hatte und dem Überbringer der Nachricht für seine Frechheit am liebsten eine Vierteilung spendiert hätte, schluckte seinen Zorn herunter, ging zu der Frau, deren Namen heute keiner mehr kennt, tat ganz freundlich und sagte: »Gebt mir Euren Schnitzel-Schorsch, ich will ihn artgerecht unterbringen! Er soll's bei mir gut haben, er kriegt 'ne Playstation aus purem Gold und zur Jugendweihe 'n Moped!«

Anfangs weigerte sie sich, da aber der italienische Klempner jede Menge Lire dafür bot und Kinderhandel in Grimms Märchen sowieso an der Tagesordnung war, dachte sie: »Meinem Schnitzel-Schorsch scheint doch sowieso die Sonne aus dem Hinterschinken! Was soll schon schief geh'n?«

Und so willigte sie schweren Herzens ein und gab das Kind weg.

Der König legte es in eine amazon-Pappschachtel und ritt damit weiter, bis er zur Elbe kam. Da ließ er die Schachtel von der Waldschlößchenbrücke ins Wasser plumpsen und dachte: »Viel Spaß beim Seepferdchen, Du Spacko. Jetzt hat sich's ausgekönigstochtert!«

Die Schachtel aber ging wegen des vielen Verpackungsmaterials aus umweltunfreundlichem Styropor nicht unter, sondern schwamm lustig schaukelnd auf den Wellen, wie ein Päckchen Koks an der Küste Kolumbiens. Und es drang auch kein Tröpfchen Wasser zum Schnitzel-Schorsch hinein. So schwamm er bis kurz vor des Königs Hauptstadt, wo die Elbe in den Chemnitzer Schloßteich mündet.

Am Schloßteich betrieb die arme Familie Nötzel einen Verleih mit riesigen, ausgestopften Schwänen, die zu Tretbooten umgebaut waren.

Bei einer Inspektionsfahrt konnte Norbert, der jüngste Sohn der Familie auf einmal nur noch im Kreise fahren und musste mit dem Ruderboot an Land geschleppt werden. Als sie das Schwanentretboot gemeinsam ins Trockendock hievten, da sahen sie, dass sich der kleine Schnitzel-Schorsch um die rechte Antriebsschraube gewickelt hatte. Da wickelten sie ihn ab und zogen ihn groß.

Vierzehn Jahre später gelüstete es den König nach einem Ausflug mit einem Schwanentretboot. Und als er den königlichen Obolus zur Bootsmiete entrichtete, da erblickte er am Ufer einen Bengel mit einer Steckdosennase, der gerade von den Enten gefüttert wurde.

Der König fragte die Nötzels: »Na hoi, wer is' das denn? Ist das Euer Schwein … äh, Kind?«

»Ach wo!«, sprach da der Schwanentretbootverleiher Helmut Nötzel. »Den ham mir aus'n Schlossteich gefischt! Der hing vor vierzehn Jahren mitsamt em Amazonpaket in der Schiffschraube von unserem Schwanentretboot!«

Da merkte König Uwe Überbein der Ungerngesehene, dass es niemand anderes als der Schnitzel-Schorsch war, mit dem er doch eigentlich die Elbfischlein gefüttert hatte.

Der Schnitzel-Schorsch aber trat keck vor den König und sprach: »Da sin' Sie ja endlich! Ich warte und warte! Ich bin vierzehn und mitten in der Pubertät! Rücken Sie sofort die versprochene Königstochter raus!«

»Jetzt mache ma' halblang!«, erwiderte der König Überbein. »Wir sin' hier bei Grimms Märchen und nich' bei märchenwaldelitepartner.de!«

Der Schnitzel-Schorsch reichte ihm sogleich das schriftliche Gutachten der Hellseherin mit Balkanhintergrund: »Also hier steht, dass ich mit vierzehn 'n Rechtsanspruch auf die Prinzessin Ursel Überbein hab!«

Doch der König riss ihm das Papier aus den Händen und rief: »Du Stoppelhopser hättest halt ma das Kleingedruckte lesen sollen! So schnell geht's nämlich nich'!«

»Hä, wieso?«, sagte da der Schnitzel-Schorsch. »Was steht'n dorte?«

Doch der König hatte das Papier bereits zerkaut und teilweise heruntergeschluckt.

Und er sprach: »Ipf weef, mit pfollem Munde pfricht man nich', aber da stand, Du musst vorher erscht noch dem Teufel drei goldene Nasenhaare ausreißen und zu mir bringen!«

»Das kann ja jeder sagen!«, maulte der Schnitzel-Schorsch, aber ohne das Gutachten der alten Hellseherin gingen ihm die Argumente aus. Also sprach er: »Challenge angenommen! Ich bin schneller wieder da, als Sie Piep sagen können!«

»Piep«, sagte der König. »Und nu?«

»Ach. Das sacht mor doch bloß so. Außerdem: Niemand mag Klugscheißer. Also, bis glei'!«, und er machte sich auf den Weg zur Hölle an der Saale.

Da freute sich König Uwe Überbein der Ungerngesehene, wie sich nur das Böse freuen kann, und dachte bei sich: »Der Teufel macht Bratklopse aus dem Trottel!«

Auf der Landstrasse nach Hölle an der Saale kam Schnitzel-Schorsch an das Märchendorf Unterrockenberg. Von weitem hörte er, wie sich die Dorfbewohner gegenseitig Tiernamen gaben und sich mit Hausrat bewarfen. Sie riefen: „Du bist schuld! Nee Du! Du bist immer bissel mehr schuld wie ich!«, und sie konnten gar nicht mehr aufhören zu zanken.

Als sie den Schnitzel-Schorsch sahen, da fragten sie ihn, auf welches Handwerk er sich verstünde und er sprach: »Ich kann garnix. Aber ich bin unterwegs zum Teufel!«

»Dich schickt der Himmel!«, riefen die Dorfbewohner. »Bitte frage den Teufel, wer an allem schuld ist! Das ist eine Frage, die wahrlich nur der Teufel beantworten kann!« Und sie fuhren fort, sich mit Kochutensilien zu verwamsen.

»Kein Ding! Wird gemacht!«, rief der Schnitzel-Schorsch fröhlich, doch ihn beachtete schon keiner mehr, weil ein jeder nach dem nächsten heransausenden Nudelholz Ausschau hielt, um sich noch rechtzeitig wegzuducken.

Bald darauf kam der glückliche Schnitzel-Schorsch an ein weiteres Märchendorf namens Oberrockenberg. Da stand das Getreide so hoch wie das Völkerschlachtdenkmal und die Obstbäume waren so lange nicht abgeerntet worden, dass nur noch Apfelmus in ihren Zweigen hing. Die Kartoffeln auf dem Felde

waren so groß wie die Hüpfbälle und spielten miteinander Mau-Mau, da niemand sie ausgrub, um sie zu
essen. Auf dem Marktplatz des Dorfes fand eine große Diskussionsrunde in einem Stuhlkreis statt, und
obwohl die Dorfbewohner vor Hunger schon so dünn
waren, wie die Steuererklärung von Jeff Bezos, disku-
tierten sie kraftlos über den Sinn des Lebens.

»Gequatsche einstellen!«, rief da der Schnitzel-
Schorsch und sprang keck in ihre Mitte. »Was seid 'n
Ihr für Hungerhaken? Wollt Ihr nich' ma' die Ernte
einfahren?«

»Gleich!«, sagte einer der Dorfbewohner matt.
»Aber erst müssen wir noch ausdiskutieren, was der
Sinn des Lebens is', sonst wissen wir ja gar nich', wie-
so wir überhaupt irgendwas machen sollen. Weiß der
Teufel, was der Sinn des Lebens is' ...«

»Das trifft sich ja gut. Wenn ich nachher beim
Teufel bin, kann ich den doch glei' ma fragen. Also,
machts Atsche Ihr Quatschköppe!«

Einige sächsische Seemeilen vor der Hölle an der
Saale stand eine kleine schmuddelige Bratwurstbude. Auf dem Schild, das sich auf ihrem rostigen Dach
knarzend im Wind wiegte, war zu lesen: »Letzte Bratwurst vor der Hölle« und »Extra feurig – Gott sei
Deiner armen Zunge gnädig!«

Da bestellte sich der Schnitzel Schorsch eine Bratwurst extrascharf mit Brötchen und Senf und als er
wieder aufgehört hatte, unkontrolliert Feuer zu spu-
cken, da sprach er: »Das hat wehgetan. Junge, Junge!
Da kann ich ja jetzt ooch zum Teufel geh'n!«

»Ach«, sprach da der Bratwurstverkäufer. »Wenn Du schon zum Teufel gehst, dann frage den doch bitte ma' spassenshalber, wann meine Schichtablösung kommt! Ich mach' hier seit vierunddreißig Jahren drei Schichten am Tag und kann keine Bratwurscht mehr seh'n!«

»Geht klar!«, sprach der Schnitzel Schorsch und marschierte frohen Mutes weiter Richtung Hölle. An der glänzenden Hochhausfassade der Höllenzentrale angekommen, sah er auch schon ein Schild: »Rechtsanwaltskanzlei Luzifer, Beelzebub, Teufel«

Kaum eine halbe Stunde später gab ihn die rotierende Drehtüre im Eingang wieder frei und mit einem gehörigen Drehwurm und in Schlangenlinien taumelte er ins höllische Vorzimmer.

»Ham Sie überhaupt 'n Termin!?«, empfing ihn eine schrille Stimme – und als sich die Schwaden aus Salpeter und Schwefel gelegt hatten, sah er eine nette alte Kaffeetante mit spitzen Hörnern, Ziegenaugen, einem rotlackierten Pferdefuß und einem grauen Dutt aus Stacheldraht. Und sie sprach: »Ich bin die Oma vom Teufel! Setz Dich! Nimm Dir 'n Keks!«

Und sie reichte ihm eine Schale mit Mürbeteigplätzchen, die sie aus ganz frischen, armen Seelen gebacken hatte.

Doch als der Schnitzel-Schorsch in das Gebäck beißen wollte, hörte er immer ein dünnes Stimmchen rufen: »Hiiiiilfe!«, und da legte er die Kekse lieber wieder weg.

Dann nahm er einen Schluck aus der Kaffetasse, doch er verbrannte sich gewaltig den Mund.

»Sorry. 4000 Grad. Das is' in der Hölle Standard!«, sprach da des Teufels Großmutter. »Kann ich irgendwas für Dich tun, solange mein missratener Enkel in den sozialen Medien auf Promotiontour is?«

»Ich brauche drei goldene Nasenhaare und ich habe drei Fragen, die nur der Teufel beantworten kann: Was ist der Sinn des Lebens? Wer is' an allem schuld? Und wann kommt endlich die Ablösung vom Bratwurschtheini?«

Da sprach des Teufels Omi: »Jeden andern hätt' ich schon in dor Pfeife geroocht, mei' Süßer! Aber irgendwie mag ich Dich. Ich hör's schon rumpeln und pumpeln, der Teufel kommt heeme! Hier! Nimme den Stehlampenschirm als Mütze, dann findet der Dich nie, der Hörni ... äh ... Hirni!«

Als der Teufel nach Hause kam, ward er misstrauisch und sprach: »Hier riecht's doch nach 'ner pupsenden Stehlampe, die extra scharfe Bratwurst gegessen hat!« Doch dann legte er seinen Kopf in den Schoß seiner Großmutter und schlief ein.

Alsbald riss die Oma dem Bösen ein goldenes Nasenhaar aus.

»Aua, Mensch, Oma!«, rief der Teufel »Doof, oder was? Wieso reißt Du mir 'n Nasenhaar aus?«

Die Oma erwiderte: »Weil Du mit Nasenhaaren aussiehst wie 'n Penner!« und riss ihm die anderen zwei Haare gleich auch noch aus.

»Und nu' ma' was anderes«, fragte die Omi. »Was is' der Sinn des Lebens? Wer is' an allem schuld und wann kommt die Ablösung vom Bratwurschtheini?«

»Ok«, sprach der Teufel müde. »Wenn Du mich dann endlich pennen lässt, verrat ich's Dir. Der Sinn des Lebens is' 42. Schuld is' man immer selber. Und der Bratwurschtheini muss einfach bloß seine Würstchenzange 'nem andern Deppen in die Hand drücken, sonst steht der in hundert Jahren immer noch da. Und nu' gute Nacht, Omi!«

Als der Teufel ausgeschlafen war, eilte er fort und klapperte die Filialen seiner Schmuddelkinokette ab, um zu sehen, ob ihm wieder arme Sünder auf den Leim gegangen waren.

Wie die Luft rein war und der Schnitzel-Schorsch wieder unterm Lampenschirm hervorkam, da traf die vergessliche Teufelsgroßmutter vor Schreck der Schlag und sie sank tot zu Boden, wie der Spannungsbogen in einem Tatort mit Jan Josef Lieferdienst.

Der Schnitzel-Schorsch sah noch, wie zwei kleine Englein ihre zappelnde Seele, die sich mit Händen und Füßen wehrte, ins Himmelreich schleppten. Dann machte er sich fröhlich mit den drei goldenen Nasenhaaren des Teufels auf den Nachhauseweg.

Als er an das Dorf Unterrockenberg kam, da versammelten sich die Bewohner sogleich auf dem Marktplatz. Der Schnitzel-Schorsch räusperte sich und sprach: »Ich weeß jetzt, wer an allem Schuld is'! Der Teufel hat mir's verraten: Man isses immer selber! Am besten fasst sich ma' jeder an die eigene Nase!«

Danach herrschte auf dem Marktplatz ein langes, peinliches Schweigen. Das ging über in ein Murren,

Knurren und Grollen. Und hastuihnnichgesehen prügelten die Unterrockenberger den armen Schorsch zum Tore hinaus, denn jede Antwort wäre ihnen lieber gewesen, als diese.

Am Dorfe Oberrockenberg angekommen versammelten sich wieder alle Bewohner und sahen ihn mit großen, fragenden Augen an. Der Schnitzel-Schorsch sprach: »Der Teufel hat mir verraten, was der Sinn des Lebens ist: Der Sinn des Lebens ist ... 42!«

»Hurra!«, riefen die Bürger »Was für ein toller Sinn des Lebens! Den nehmen wir! Danke!« Und sie beluden den Schnitzel-Schorsch mit einem Esel voller güldenem Plunder und wertvollem Gelumpe und winkten ihm zum Abschied.

Als er nach Hause zu König Uwe Überbein dem Ungerngesehenen kam, da überreichte er dem König die drei goldenen Nasenhaare des Teufels, die er unter dem Mikroskop kunstvoll zu einem Zopf geflochten hatte. Dann warf er sich die Prinzessin Ursel über die Schulter und wollte schon gehen, doch der König fragte: »Sachema, mei' guter Schwiegersohn! Wo hast'n Du den ganzen wertvollen Plunder auf dem Esel her? Is' irgendwo Räumungsverkauf?«

Da sprach der Schnitzel-Schorsch: »Du kannst so viel davon haben, wie Du willst! Geh einfach zur letzten Bratwurschtbude vor der Hölle und lasse Dir vom Bratwurstheini seinen größten Schatz geben!«

Da sprang König Uwe Überbein der Ungerngesehene auf sein Dienstmoped und knatterte mit klap-

112

pernden Hufen geradewegs zur letzten Bratwurstbude vor der Hölle. Und er sprach zum Bratwurstheini: »Mir wurde geweissagt, ich bekäme von Dir einen großen Schatz!«

Der Bratwurstheini aber dachte nicht anders, als dass seine Ablösung gekommen war und er reichte dem König die Grillzange von funkelndem Edelstahl. Mit dem Ruf »Ich bin frei!« rannte er im Hopserlauf in den Sonnenuntergang und wurde Veganer. Der König aber musste nun von früh bis spät Würstchen wenden, als Strafe für seine Bosheit.

Schnitzel Schorsch heiratete Prinzessin Ursel Überbein und wurde selbst König.

Die Bewohner des Dorfes Unterrockenberg waren glücklich, weil für sie nun endgültig feststand, dass der König, oder wahllos herbeizitierte Schicksalsmächte an allem schuld waren, aber auf gar keinen Fall sie selbst.

Die Bewohner des Dorfes Oberrockenberg merkten bald, dass der Lebenssinn 42 irgendwie überhaupt keinen praktischen Nutzen hatte, und es die beste Idee war, gar nicht mehr drüber nachzudenken.

Und so war der ganze sächsische Märchenwald glücklich und zufrieden und alle lebten in Saus und Braus bis zum Klimawandel und manche leben vielleicht sogar jetzt noch.

Und bis heute ist es im sächsischen Märchenwald guter Brauch, dass ein Teil der Bewohner nach irgendeinem Sinn und ein anderer Teil nach einem Schuldigen sucht.

Und das, liebe Kinder, wird sich wohl niemals ändern.

Dieses Buch basiert auf Sachsens lustigstem Podcast:

**Die RADIO PSR Sinnlos-Märchen
mit Steffen Lukas**

Alle bisherigen Geschichten
und immer neue Folgen hören Sie auf
www.radiopsr.de und in der mehrPSRApp.

Scannen Sie mit der Kamera Ihres Smartphones
einfach diesen QR-Code und schon geht's los.

Viel Spaß beim Hören!